책으로 여는 세상

김진선 외 지음

은성문고

'책으로 여는 세상'을 펴내면서

새로운 작은 소망 하나가 생겼습니다

전문화, 고도화된 현대 사회에서 특정한 목표를 이루기 위해서는 개인의 노력만으로 이루어지는 것은 많지 않습니다.

책을 만드는 것도 그렇습니다. 개인의 노력으로 글을 쓴다고 해도 표지를 디자인하고, 교정을 보고, 편집하고 인쇄를 하는 일련의 과정에서 반드시 외부의 도움이 필요하며, 그러한 도움에는 비용이 들기 마련입니다.

이 책을 만드는 데는 저의 수고로움은 아주 미약했습니다. 부천문인협회의 작가님들, 덕산중학교 김진선 선생님의 적극적인 도움, 그리고 학생들의 관심과 참여라는 개개인의 노력으로 글을 만들어 내었습니다. 그다음에 수반되는 외부의 도움은 모두 경기도콘텐츠진흥원의 지원금이 있어 가능했습니다.

20대에 가지고 있던 저의 국가관은 다소 편협하며 왜곡되었습니다. 국가는 4대 의무만을 강요하며 그 혜택을 누리는 건 허구한 날 말도 안 되는 유치한 언어로 정치 뉴스를 코미디로 만드는 그들만의 생계유지를 위한 체계화된 제도와 법일 뿐이라고 생각했습니다. 그런데 30대의 산을 넘고 40대의 강을 건너 50대의 광야에서 바라보는 국가는 많이 달라졌습니다.

고등학교 때 가정 형편이 어려운 친구가 있었습니다. 그 친구는 공부를 잘해서 괜찮은 대학을 가게 되었습니다. 그리고 교환학생의 자격으로 외국의 대학을 다녔으며 대학을 졸업하고 대기업에 취직하였습니다. 그리고 얼마 지나지 않아 해외로 발령이나 15년을 유럽의 여러 나라를 돌며 한국의 전자제품을 홍보하고 판매하는 일을 하였습니다. 그때가 80년대 후반이었습니다. 그 당시 우리나라의 경제 발전과 수출증가에 그 친구가 일익을 담당하였음은 누구도 부인할 수 없는 사실입니다. 국가는 그렇게 투자하고 전 국민에게 그 혜택을 나누어 주었던 것입니다.

제가 이번에 선정되어 받은 2023 경기도지역 서점 문화

활동 지원사업도 그런 맥락으로 생각하게 되었습니다. 생계를 위해 작은 서점을 운영하며, 어린 시절 가졌던 글쓰기와 책 만들기를 가능하게 해주었으며, 학생들에게는 본인의 글이 책으로 나오는 새로운 경험을 가질 수 있게 해주었기 때문입니다. 그래서 이 책에 수록된 어린 작가 중에서면 훗날 노벨문학상 수상자가 나왔으면 좋겠다는 작은 소망이 하나 생겼습니다.

장석천
(책 만드는 작은 서점 은성문고 대표)

| 감사의 글 |
사랑스러운 덕산중학교의 아이들과 함께한 '글쓰기창작소'

2023년 특별한 그들과 추억을 그린다

우리는 살면서 많은 시간과 여러 공간 속에서 새로운 이들과 만나고 헤어집니다. 그 시간은 기쁨이나 행복이 되기도 하고 때로는 슬픔이나 고통이 되기도 합니다. 그중에서 학창 시절은 누구에게나 가장 아름답고 빛나는 순간이어야 합니다.

다시 돌아갈 수 없는 소중하고 행복했던 시간을 기억하기 위해 글쓰기를 좋아하는 아이들과 함께 '글쓰기 창작소' 활동을 통해 책을 만들게 되었습니다.

2023년 경기도지역 서점 문화 활동 지원사업에 참여하여 지역 서점과 연계하여 진정한 마을 공동체의 의미를 되새겨 봅니다.

처음에는 한 단어, 한 문장을 내놓기 힘들어했던 아이들이 시, 수필, 소설을 썼습니다. 아이들은 누구나 머리와 가슴에 수많은 생각을 품고 삽니다. 누구에게도 말하지 못한,

말할 수 없는 생각이 하나둘 입으로 나오고 손끝으로 나왔습니다. 누군가에게 보여주기 위한 것도, 알리기 위한 것도 아닙니다. 그저 자신이 말하고 싶은 것을 부끄럽지만 처음으로 표현했습니다.

중학생 시절 소중한 추억들을 가슴 속에 따뜻하게 담기를 바라며 자신의 이야기와 생각을 표현하기 위해 시간과 노력을 아낌없이 즐거운 마음으로 나눠준 덕산중학교 학생들과 책으로 출간될 수 있게 해 주신 지역서점 은성문고 장석천 사장님께 깊은 감사의 마음을 전합니다.

학생들과 같은 공간 같은 시간에서 다시 만나기는 쉽지 않겠지만 이 책에는 함께한 우리의 시간과 공간이 영원히 남아 있을 것입니다. 소중한 추억을 간직하며 나의 아이들이 언제 어디서든지 자신의 이야기로 당당하게 살기를 바랍니다.

2023년 덕산중학교의 '글쓰기 창작소' 아이들과 함께한 소중한 시간을 추억으로 남기며 우리의 이야기를 시작합니다. 이제 막 작가로서 걸음마를 시작한 어린 작가들에게 어떠한 비판이나 평가보다 아낌없는 격려와 박수를 보냅니다.

김진선
(덕산중학교 국어교사)

contents

|프롤로그| 장석천 • 새로운 작은 소망 하나가 생겼습니다
|감사의 글| 김진선 • 2023년 특별한 그들과 추억을 그린다

I. 시

박서라 14 여름 가을 겨울 봄 / firework / 저녁과 새벽 그 사이

김하영 17 그놈 / 삶 / 도망가자 / 사랑 / 바다

이수연 22 무제 #1

김나경 23 사실 / 나에겐 그저 / 존재 / 미래

김서은 29 시간 / 꿈 / 시험 / 시작 / 뭘 위해 사는 걸까?

고예지 35 청춘 / 가을 / 바람 / 나무 / 봄 / 여름 / 사계

최유주 43 진로 / 이 세상 모든 걸 / 안녕 / 일기장 / 여름과 너

장서연 51 레몬 / 여름 / 언젠가 / 풍선 / 북극성

김가현 57 가족 / 사랑 / 잔소리 / 바다 / 가을

남연주 62 첫눈에 / 나의 마음 / 참으로 어여쁜 / 수시로 설렘
　　　　　　　순환의 법칙

오민재 67 등교는 꿈의 시작이다

박세연 69 등교

오하준 70 쳇바퀴

이종현　71　꿈을 찾는 학교

오영은　73　등교, 하교의 길

배수겸　74　꿈 / 등굣길

김소희　77　나의 길

유시안　79　등굣길

김하영　80　월요일 등굣길

유연희　81　등교

홍성후　82　등교와 학교

권윤아　83　학교와 꿈

II. 수필　산문

김진선　88　여행자

김하영　92　오늘도 화장실에서 눈물을 흘린다

김송이　95　나의 소중한 사람들

김유경　104　첫 시험

이진주　108　사람들에게 지친 너에게

임예담　115　행복의 요건

정서현　116　등교

김하영　118　내 꿈을 생각하며 준비한 등굣길

김민섭　121　학교, 그리고 꿈의 일기

박순호　123　등교는 꿈을 이루기 위한 첫걸음이다

강다희 125 학교에서 꿈을 꾸다

정연우 127 꿈꾸는 등굣길에 관하여

홍준서 129 내 꿈

박가현 132 생각에 잠긴 등굣길

정민서 134 나의 꿈을 찾으러 매일 새로운 곳으로!

안윤하 137 비와 등굣길 그리고 탓 / 도서관으로 가는 길

양준호 141 꿈은 행복이다

박서연 143 지금 이 순간, 골든타임! 꿈을 중요하게 여기는 시기

김가현 145 재능 찾기

김나경 149 모범생

III. 소설

한서영 154 단호박

이아진 164 나에게 존재

이경재 176 1946

주은별 212 구원

김태희 236 나의 미성숙했던 감정들

임수진 275 전환점

구민서 281 인연

김나현 287 검은 정장

IV. 그림

박은혜 28 너의 꿈을 응원해

이시아 31 빛나는 너의 꿈을 응원할게

최예인 37 아름다운 청춘 한 장

유예람 44 보이지 않아도 자라고 있어

정연우 46 사랑이 꽃피는 우리 학교

이현준 49 지금 이 순간을 기억하고 앞으로 나아가자

정윤채 55 지금 우리의 꿈은 저 높은 하늘 위 무지개처럼

조여은 68 함께하는 일상 성장하는 덕산

김민서 72 꿈을 곱게 접어 하늘 높이 날려보자

김성진 75 오늘도 핀 우리들의 꿈 봉오리

김보민 78 꿈과 희망이 내일의 나를 만든다

서지영 84 오늘보다 내일 더 빛날 우리들

김서율 94 너를 주저앉게 하는 것들이 너의 날개가 되어주기를

정하은 120 꿈꾸는 우리를 위한 덕산

안윤하 126 더 큰 꿈을 찾아 생생하게 달려가자

이채윤 131 반짝반짝한 너의 꿈을 응원할게

| 에필로그 | 함께한 작가선생님들

박희주 작가 308 '많이 읽기'는 작가가 되는 지름길입니다

유미애 작가 311 덕산의 천사들을 마주한 시간

최숙미 작가 314 문학은 감염이다

이종헌 시인 316 작가를 꿈꾸는 부천의 청소년들에게

박서라 / 여름 가을 겨울 봄 · firework · 저녁과 새벽 그 사이

김하영 / 그놈 · 삶 · 도망가자 · 사랑 · 바다

이수연 / 무제 #1

김나경 / 사실 · 나에 그저 · 존재 · 미래

김서은 / 시간 · 꿈 · 시험 · 시작 · 뭘 위해 사는 걸까?

고예지 / 청춘 · 가을 · 바람 · 나무 · 봄 · 여름 · 사계

최유주 / 진로 · 이 세상 모든 걸 · 안녕 · 일기장 · 여름과 너

장서연 / 레몬 · 여름 · 언젠가 · 풍선 · 북극성

김가현 / 가족 · 사랑 · 잔소리 · 바다 · 가을

남연주 / 첫눈에 · 나의 마음 · 참으로 어여쁜 · 수시로 설렘 · 순환의 법칙

오민재 / 등교는 꿈의 시작이다

박세연 / 등교

오하준 / 쳇바퀴

이종현 / 꿈을 찾는 학교

오영은 / 등교, 하교의 길

배수겸 / 꿈 · 등굣길

김소희 / 나의 길

유시안 / 등굣길

김하영 / 월요일 등굣길

유연희 / 등교

홍성후 / 등교와 학교

권윤아 / 학교와 꿈

I
시

여름 가을 겨울 봄

박서라

봄, 여름, 가을, 겨울
우리나라의 사계절

난 그 애를 어떤 계절부터
좋아했는가

아직도 알 수 없지만
내가 정확하게 말할 수 있는 건

난 그 애를 사계절 내내
좋아했다는 것

봄이 되면 그 애 곁엔
다른 사람이 있겠지만

나의 사계절엔 아직
그 애의 흔적이 남아있다

firework

박서라

이 순간이 지나면
이 빛은 꺼지고

흘러가는 시간 속에서
우리의 기억은 흐릿해지고

언젠가 잊게 되겠지만
항상 기억하고 싶은 그 날

우린 항상 아름답고
언제나처럼 우린 빛날 것이다

너와 나의 인생에
폭죽의 날들만 기억하길

저녁과 새벽 그 사이

박서라

그 애와의 추억이 많은 저녁
그 애와 연락을 했던 새벽

밤이 찾아오고 길거리에
하나둘씩 불이 켜질 때

그 애를 향한 내 마음에도
불이 켜진다

언제나 내가 환하게
빛을 낼 수 있도록 도와주는 너

나는 그런 너를 좋아했다.

그 애를 생각하는
저녁과 새벽 그 사이
난 쉽게 잠들지 못한다

그놈

김하영

작은 실수에도 뭐라 하는
그놈

자신의 마음에 안 들면 뭐라 하는
그놈

내가 잘해도 뭐라 하는
그놈

이해할 수 없는, 이상한
그놈

삶

김하영

삶이란
행복을 찾는 것

삶이란
홀로 나무 아래 서 있는 것

삶이란
목적지와 다음 목적지를 운행하는 비행기

삶이란 불안하고도 행복한 것

도망가자

김하영

도망가자
따스한 사람들의 관심 속으로

도망가자
날 미워하는 사람들 밖으로

도망가자
너무나도 쉽지 않은 세상에서

도망가자
엉망진창인 세계에서

도망가고 다시 돌아오자

사랑

김하영

사랑은
나이의 제한이 없는 것

사랑은
핑크빛의 인연을 쫓는 것

사랑에도
때가 중요하다.

바다

김하영

바다를 보면
마치 구름 위를 걷는 기분

바다 안을 보면
또 하나의 다른 세계를 보는 기분

바다 위로 솟구치는 파도를 보면
나에게 몰려오는 숙제들 같은 느낌

무제 #1

이수연

나는 이 도시가 싫다
밤하늘의 빛을 가져간
도시가 싫다

난 이 도시가 싫다
사람들 마음속
빛을 앗아간
도시가 싫다

난 이 도시가 싫다
거짓만을 보여주는
도시가 싫다

난 이 도시가 싫다
자극적인 맛에만 반응하게 하는
이 도시가 싫다

사실

김나경

현실과 이상 사이에는
좁혀지지 않는 간극이 있다

사실 현실을 사는 이는
그 누구보다 이상을 사랑하는 사람이다

나에겐 그저

김나경

꽃이 만개하는 찬란한 계절은
그저 삶의 일부가 되고

그 계절의,
내가 사랑했던 모든 것은
그저 나에게 전부가 된다

너도 나에게 그저 그런 존재이다

존재

김나경

지나치게 단순한
그러나 지나치게 난해한

지나치게 정연한
그러나 지나치게 모순적인

미래

김나경

모두 각자의 미래를 그린다

예측 불가능한 미래는 불안하며, 혼란하기만 하다

삶은 불투명하고 나의 하루는
과거에 대한 후회로 가득하다

계속해서 불가능을 갈망하며,
병존할 수 없는 두 가지 대상을 모두 원한다

미래는 먼 훗날 하나의 형태로 찾아오지 않는다.
지금의 나도 내 어린 시절 사진 속 앳된 얼굴을 한
그 아이의 미래이다

나의 선택은 가끔 아무것도 아닌 듯 보여도
모두 나의 삶이 되고 나의 일부분이 되었다.
그 선택이 지금의 나를 만들었고

계속해서 나는 내 미래의 조각을 만들고 있다

때로는 삶이 그저 망망대해를
정처 없이 흘러가는 배 한 척 같이 느껴지더라도

오늘 하루를 충실히 사는 것.
그 하루하루가 모여 결국 나를 이룬다

시간

김서은

항상 수업 시간에만
늦어지는 시간

시간아 빨리 가라 해도
변하지 않는 수업 시간

항상 쉬는 시간에만
빨라지는 시간

시간아 느리게 가라 해도
변하지 않는 쉬는 시간

꿈

김서은

앞에 뭐가 있을지 모르고
뒤로 가는 것은 불가능하지만

원하는 걸 하고 싶다

과거를 후회해도
미래가 불안해도

원하는 걸 하고 싶다

내 꿈을 이뤄보고 싶다

빛나는 너의
꿈을 응원할게

2-5

이○아

그림 / 이시아

시험

김서은

노력에 의한 결과
결과에 의한 점수

너무 우울하지 말자
너무 주눅 들지 말자

더욱 노력해보자
더욱 잘해보자

벌써 포기하기엔
만회할 수 있는 시험이 많다

시작

김서은

멀고도 먼 여행이었지만
무척 힘든 여행이었지만

도착하고 나서의 그 행복은
도착하고 나서의 그 쾌감은

말로 할 수 없음을 안다

그러나 무언가를 시작하는 것과
달성 후의 그 기쁨을 알면서도
이상하게도 나는 선뜻 나서지 못한다

뭘 위해 사는 걸까?

김서은

나는 뭘 위해 사는 걸까

곧 나올 영화를 위해
곧 배송되어 올 책을 위해

나는 뭘 위해 사는 걸까

아이돌이 너무 좋아서
이번 저녁을 먹으려고

나는 뭘 위해 사는 걸까

과거의 나를 생각하며
사랑할 누구를 위해서

왜 살아야 할까의 답을
알아냈으니 이젠 살아가 보자

청춘

고예지

인생의 한 자락,
일부라고 하기엔 너무 짧고
짧았다고 하기엔 너무 행복했던
추억

영원할 것 같았던 순간들
그건 아마 우리의 착각이었을 거다

하지만

착각의 시간이 그저 행복했었던
그 시절의 우리

가을

고예지

여름과 겨울의 사이
그 짧은 순간의 계절

그저 짧은 그 시간을 단풍이라는
흔적으로
거리를 물들이고
그 자리에 없었다는 듯이,
겨울이라는 계절에
묻혀 사라져가는

가을은 청춘과 같다
비록 인생의 짧은 순간이지만
그 빛나는 순간이
잊지 못할 추억으로 남겨진다

바람

고예지

나는 너의 바람
그저 스쳐가는 바람

항상 너의 곁에 있지만
그저 무관심할 뿐

너는 나의 바람
그저 네가 되고픈 나의 바람

항상 너의 곁에 있고 싶지만
그저 스쳐갈 뿐

나무

고예지

나무는 한 번 자라면

한 곳에서
흙과 뿌리가 뒤엉킨 채 죽을 때까지
새들의 집이 되어주며

영원히
살아간다.

마치 우리와 같다

우리는 한 번 태어나면

그저 지구라는 행성에서
중력에 잡힌 채 죽을 때까지
인생이라는 무게를 등에 지고

영원히
살아간다.

봄

고예지

꽃이 피듯 활짝 핀 너라는 미소
너의 따듯한 미소가
내 마음을

똑똑.

두들기곤
여름의 열기에 묻혀
슬금슬금 도망가곤 한다

여름

고예지

후덥지근한 온도
장마의 시작을 울리는 빗소리
창문 너머로 들어온 햇빛

뜨거운 여름의 열기와
우리의 웃음소리로 가득한 교실

이 모든 게 완벽했다
우리에겐 영원할 것 같았던
순간들

우리의 순간들이
저 여름의 푸른빛으로 물들 수 있을까

사계

고예지

차가운 여름 속
한 줄기의 바람이
나의 눈물이라도 닦아줄 듯이

시원한 장마 속
한 줄기의 비가
꽃이라도 피워줄 듯이

뜨거운 겨울 속
한 개의 눈송이가
너를 향한 나의 마음을 식혀줄 듯이

따뜻한 함박눈 속
한 덩어리의 눈이
우리의 추억이 영원하도록 얼려줄 듯이

진로

최유주

아빠는 늦게 정해도 괜찮다는데
왜 엄마는 빨리 정하는 게 좋다고 하는지

학교 선생님은 하고 싶은 일을 하라는데
왜 학원 선생님은 잘하는 일을 하라고 하는지

도대체 어떤 것이 정답인지
도대체 어떤 것이 오답인지

알 수가 없네

이 세상 모든 걸

최유주

네가 일을 주면
나는 십을 줄 거야

네가 십을 주면
나는 백을 줄 거야

너니까
너라서

그냥 다 줄 거야
이 세상 모든 걸

1-3

정○우

그림 / 정연우

안녕

최유주

처음 봤을 때도

안녕?

헤어질 때도

안녕…

다시 만났을 때도

안녕!

반갑기도 하고
서운하기도 한 말이지만

참 좋은 말 같다

일기장

최유주

어렸을 적에는

쓰기 어려웠고
쓰기 귀찮았고
쓰기 지루했다

그래서

꾸준히 쓰라던 선생님의 말씀을
이해할 수 없었다

1년이 지나고
2년이 지나고
3년이 지나고

그 일기장을 다시 펼쳐보니

꾸준히 쓰라던 선생님의 말씀을
그제야 이해할 수 있었다

2-2

이○준

그림 / 이현준

여름과 너

최유주

후끈거리는 여름의 따뜻한 바람이
날 들뜨게 해

나무 위, 어지럽게 우는 매미는
날 설레게 해

이윽고 갑자기 쏟아지는 빗방울
날 두근거리게 해

그리고 내 옆에는 네가 있으니,

내 마음은
내 심장은
내 기분은

미칠 것 같아

레몬

장서연

넌 레몬이야
여름엔 시원한 레모네이드처럼,
겨울엔 따뜻한 레몬차처럼,
날 웃게 해주는
넌 레몬이야

여름

장서연

푸른 하늘 아래에서
우리가 미소 짓는,
반짝거리는 이 여름이
영원했으면 좋겠어
우리가 영원히 반짝일 수 있도록

언젠가

장서연

지금이 아무리 힘든 날들뿐이라 해도

우리가 꽃 구경을 갈 봄도,
우리가 빙수를 먹을 여름도,
우리가 예쁜 단풍을 볼 가을도,
우리가 눈사람을 만들 겨울도,

언젠가 돌아올 테니
같이 견뎌보자

풍선

장서연

집에 풍선을 달아
하늘을 날아가는 영화처럼
우리에게 꿈이라는 풍선을 달아서
훨훨 날아가자

우리의 꿈은 저 높은
하늘위 무지개처럼

2-5
정○채

그림 / 정윤채

북극성

장서연

옛날 사람들은 북극성을 보고
나아갈 방향을 찾았다고 해
우리 서로의 북극성이 되어주자
서로가 올바른 방향으로 갈 수 있도록
북극성이 되어주자

가족

김가현

항상 내 편이 되어주는
항상 나의 곁에 있어 주는
나와 함께 발맞춰 걸어주는
길이 어두울 땐 가로등이 되어주는
그런 존재
가족

사랑

김가현

쉴 새 없이 몰아치는 파도
계속해서 몰아쳐 나의 문을 활짝 열어버리는
이런 것이 사랑일까
여러 가지 색깔의 말로도 전부 형용할 수 없는
그런 감정
이런 것이 사랑인가 보다

잔소리

김가현

짜증 나 짜증 나
잔소리
지겨워 지겨워
잔소리
그만 해 그만 해
잔소리

바다

김가현

하늘을 떠도는 구름처럼 바다를 항해한다
귀에 들어오는 바닷물에
불안과 주변의 소음이 씻겨 나간다
동시에 평화와 고요함이 귓속에서 파도친다
어디로 흘러가는지도 모른 채 바다에 몸을 맡긴다
바다를 떠돌다 보면 남아 있는 모든 잡념도
잔잔한 바다에 두둥실 흘러간다
그렇게 모든 잡념과 생각이 흘러가면
나의 몸은 더욱 가벼워져 바다를 자유롭게 항해한다

가을

김가현

여름과 겨울 그 사이
지독했던 여름의 끝을 알리고
시원한 바람이 불어오는 계절
그와 동시에
마음 한구석에 쓸쓸함을 품은
바람이 불어오는
짧다면 짧고
길다면 긴 계절

첫눈에

남연주

안경의 김 서림이 사라지는 그 짧은 시간,
너에게 반하기에 충분한 시간이었다

나의 마음

남연주

그대를 그리며 편지를 씁니다
촛불에 무심히 타버리는 편지를
쓰고, 쓰고, 또 씁니다
언젠가 그대에게 닿길 바라서
오늘은 바람에 날려 보냅니다

참으로 어여쁜

남연주

간식 준다는 말에 기다리고
산책하자는 말에 좋아하며
뽀뽀하자는 말에 다가오고
목욕하자는 말에 으르렁거리는

그런 네가 참 좋다
마음껏 사랑할게
우리의 마지막, 아니 그 후까지

수시로 설렘

남연주

고요한 밤
머릿속이 그대로 가득 차서
심장이 요동칩니다
이 밤이 더 이상 고요하지 않아졌습니다

순환의 법칙

남연주

벚꽃이 떨어지면
여름이 온다
매미의 울음소리가 사라지면
가을이 온다
낙엽이 떨어지면
겨울이 온다
눈이 녹으면
봄이 온다

그러니 실망하지 말아라!
우리에게도 다음은 올 것이니

등교는 꿈의 시작이다

오민재

등교를 하면 우리들은
꿈에 대해 생각을 한다
친구들과 매일 꿈에 대한 얘기를 한다
신발을 신고 걸어가면서도 생각한다
먼 꿈을 이루기 위해서는 공부도 중요하지만
꼭 이루겠다는 마음이 더 중요하다
다른 시간에 태어난 우리에게도
잘하는 것이 하나씩은 있다
만약 잘하는 것이 없다면 그것을
만들면 된다
그것이 바로 꿈의 시작인 것이다

등교

박세연

등교하며
혹시라도 늦을까
빠르게 걸었다

열심히 걷다 보니
벌써 중학교 1학년이다
그럼에도 내 꿈은 여전하다

쳇바퀴

오하준

나에게 꿈같은 건 없다
아무리 생각해도 항상 똑같이 반복되는 일상
그 속에서는 꿈을 떠올릴 수 없었다
이게 도대체 무슨 의미가 있을까
매일 똑같이 일어나서
똑같이 등교하고 똑같이 학원에 간다
쳇바퀴 안에서 무슨 생각을 할 수 있을까
벗어나려 노력해봐도 결국 제자리걸음
달라지려 해도 이루려는 목표만 달라질 뿐이다
목표를 이루기 위해
쳇바퀴 안에서 살아갈 수밖에 없는 우리
결국 다 부질없는 일이 아닐까

꿈을 찾는 학교

이종현

아침에 일어나서 체육복을 입고 씻은 다음
가방을 메고 집을 나선다
학교에 간다
진로 수업 중 mbti 검사를 했는데
내 꿈이 뭔지 궁금하고 답답해서
생각이 너무 많아졌다
공부에 집중이 안 되고 힘들었는데
꿈이 다시 생겨서 생각이 줄었다
그래서 꿈을 이루기 위해
천천히 노력하고 있다

꿈을
곱게 접어
하늘 높이
날려보자

2-8

김○서

그림 / 김민서

등교, 하교의 길

오영은

등교란
가기 싫지만 가는 길
부모님이 원하는 (꿈)길을 걷는 것

하교란
가고 싶어서 가는 길
내가 원하는 (꿈)길을 걷는 길

꿈

배수겸

꿈꾸는 밤에는
난 어디에 있을까
꿈속에 빠져든 나는
자유롭게 흘러간다

꿈을 꾸다 잠시 멈춘 나는
현실로 또다시 돌아온다
그 꿈속에서 나는
자유롭게 흘러간다

꿈과 현실 사이에서
나는 고민을 한다
그 속에서 내가 원하는 건
언제나 자유롭게 살아가는 것이다

오늘도
핀

우리들의
꿈
봉오리

2-8

김○진

그림 / 김성진

등굣길

배수겸

아침에 일어나 보는 창밖에는
학교 가라 신호를 주는
해가 나를 맞이한다

학교 가는 길에는
친구들이 재치 있는 말로
대화를 하게 해준다

어느덧 학교에 도착해
계단을 한 칸 한 칸 오르다 보면
공부하라 교실 한구석에 자리 잡은
책상이 나를 맞이한다

나의 길

김소희

길
꿈을 향해 걸어가는 길
현재의 환경을 벗어나기 위한 길
방향을 잡지 못해 같은 곳을 빙빙 도는 길
나는 지금 어떤 길을 걸어가고 있을까.
팽이처럼 같은 곳을 돌고 있다고 생각했지만
어쩌면 미동 하나 없는 동상처럼
먼 곳을 보며 가만히 서 있는 게 아닐까
그런 생각들이 머릿속을 차지할 때면
나의 길은 무엇일까
잘 걸어가고 있는 게 맞을까 하며 걱정된다
그럴 때면 나는 길 위에 멈추게 된다
그렇게 멈추면 점점 길이 흐려지고
꿈을 잃은 건 아닌지 초조해지지만
아주 천천히 나의 길을
나만의 방식으로 걸어 나간다

꿈과 희망이
내일의 나를 만든다

1-7

김○민

그림 / 김보민

등굣길

유시안

학교 가는 길

내가 걸어가고, 걸어가야 하는 길

누군가의 희생과 감정이 어우러진 값진 길

나를 한 단계 성장시키고
건강하게 만들어줄 러닝머신 같은 길

다들 함께 걸어왔고
앞으로도 함께 걸어가야 할 공감의 길

나의 꿈과 미래가 펼쳐질 레드카펫

나는 오늘도 이 길을 걷고 있다

월요일 등굣길

김하영

아침에 힘들게 일어나
학교를 처음 만든 사람은
무슨 생각으로 만들었는지
생각하며 밥을 먹었다

최악인 월요일 아침
등굣길에 맛도 없는 누룽지를 먹고
30번이나 한숨을 쉬면서
양치하고 있는 더러운 내 얼굴을 보며
어떻게 학교를 빠질지
왜 내 몸은 아프지도 않는지 계속 고민했다
약속 시간 4분이나 늦어도 오지 않는 친구
나와 관련된 황소자리 운세도 나오지 않고
비마저 이상하게 내리는 등굣길

용케 학교까지 오고 나니
운이 좋은가 하고 기분이 좋았다

등교

유연희

나는 10시에 자고 일어나도 피곤한데
늦게 자고도 6시에 일어나
나와 동생들을 깨우고
학교 갈 준비를 시켜주시는 엄마는
얼마나 피곤할까?

등교와 학교

홍성후

등교할 때는 항상 화가 난다
어떤 때는 너무 힘들다
비까지 내릴 때면 더욱 화가 나고
공부를 해야 해서 짜증도 난다
그렇지만 학교는 좋다

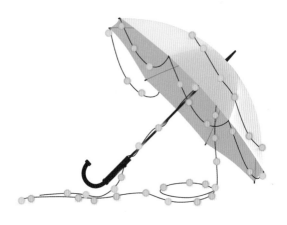

학교와 꿈

권윤아

초등학교 입학하고부터
지각할까 걱정이었다
빠른 걸음으로 학교에 갔다
다행히 지각을 하지는 않았지만
늘 걱정이었다
그러던 내가 벌써
중학교 1학년이 되었다
이런저런 꿈을 갖는다는
중학생이 되었는데도
지각할까 봐 그것이 걱정이다

오늘보다 내일 더 빛날 우리들

2-8

서○영

그림 / 서지영

다시 돌아갈 수 없는
소중하고 행복했던 시간을 기억하는
글쓰기 창작소

♥ ♥ ♥ ♥ ♥ ♥ ♥ ♥ ♥ ♥ ♥ ♥ ♥ ♥ ♥ ♥ ♥ ♥ ♥♥

김진선 / 여행자

김하영 / 오늘도 화장실에서 눈물을 흘린다

김송이 / 나의 소중한 사람들

김유경 / 첫 시험

이진주 / 사람들에게 지친 너에게

임예담 / 행복의 요건

정서현 / 등교

김하영 / 내 꿈을 생각하며 준비한 등굣길

김민섭 / 학교, 그리고 꿈의 일기

박순호 / 등교는 꿈을 이루기 위한 첫걸음이다

강다희 / 학교에서 꿈을 꾸다

정연우 / 꿈꾸는 등굣길에 관하여

홍준서 / 내 꿈

박가현 / 생각에 잠긴 등굣길

정민서 / 나의 꿈을 찾으러 매일 새로운 곳으로!

안윤하 / 비와 등굣길 그리고 탓 · 도서관으로 가는 길

양준호 / 꿈은 행복이다

박서연 / 지금 이 순간, 골든타임! 꿈을 중요하게 여기는 시기

김가현 / 재능 찾기

김나경 / 모범생

II
수필·산문

여행자
- 너, 나 그리고 우리

김진선 (덕산중학교 교사)

   사람들은 편안하고 안정된 삶을 추구하면서도 낯선 곳으로 가고 싶어 한다. 처음 가는 곳, 처음 보는 것, 처음 자는 곳, 처음 먹는 것… 낯선 것들 속에서 행복을 느낀다. 그곳에서 자신을 돌아본다. '자식, 부모, 친구, 동료' 이런 것들이 자신에게 부여된 사회적 위치와 역할이다. 여행은 이런 공간에서 잠시 벗어나 자유를 주고 진정한 자신과 마주하게 한다.

   누군가에게 여행은 취미가 될 수도 있다. '취미'의 사전적 의미는 '전문적으로 하는 것이 아니라 즐기기 위하여 하는 일, 아름다운 대상을 감상하고 이해하는 힘, 감흥을 느끼어 마음이 당기는 멋'이다. 나에게 여행은 즐기기 위함이나 아름다움을 감상함이나 감흥을 느끼기 위함이 아니다. 고생스러워도 아름답지 않아도 감흥이 없을지라도 그저 낯선 곳으로 떠나는 생존을 위해 살아가는 방식이다.

어렸을 때 여행은 관광지에 가서 잘 알려진 것을 보고 인기 있는 음식을 먹는 것이었다. 그래서 여행을 갈 때는 많이 보고 하나라도 더 체험하기 위해 철저하게 계획을 세우고 움직였다. 그러나 이제는 어디서 무엇을 보는 것이 중요하지 않게 되었다. 어디에서 무엇을 얼마나 많이 보느냐가 아니라 여행을 통해 내가 찾은 의미가 더 중요하게 되었다. 한 번의 여행에서는 단 하나의 의미가 오랜 기간 여운으로 남게 된 것이다.

2023년 여름, 20년 전 다녀왔던 그곳에서 또 다른 나를 만났다. 추모 시에 어느 작곡가가 영감을 얻어 '천 개의 바람이 되어'라는 곡을 창작하게 되었다는 오누마 호수를 찾았다. 우리나라에서 세월호 참사 희생자들의 추모곡으로 잘 알려진 곡이다. 잔잔한 호숫가 바닥에 새겨진 기념비에 서서 추모곡을 수십 번 들으니 하염없이 눈물이 흘렀다. 그동안 내가 만났던 아이들의 모습이 호숫가에 펼쳐졌고 엄마로, 교사로서의 삶을 돌이켜 보았다.

나에게 맡겨진 자녀, 학생들과 마주하는 공간과 시간 속에서 자식과 제자는 부모와 교사의 소유가 아닌 신이 잠시 우리에게 맡겨 놓은 누군가를 위한 선물임을 깨달았다. '선물'은 나를 위한 것이 아니다. 다른 이를 위한 선물이니 맡은 자의 임무는 선물이 훼손되지 않게 잘 보관했다가 선물의 주인에게 전달해 주는 것이다. 내 아이가 본연의 모습 그대로 잘 자라서 세상에 나갈 수 있도록 돕는 것이 부모의 역할이리라. 먼 후일에 부모님 덕분에 마음껏 꿈을 펼칠 수 있었다고 말하면 되는 것이다. 아이의 엄마로서 23년을 살아오면서 드디어 깨달았다.

교사로서 25년을 살아오면서 스승과 부모의 역할이 아주 유사하고 그 과정이 험난하다는 것을 안다. 특히 요즘처럼 가정과 학교에서 힘들어하는 사람들이 많이 생기는 걸 보면 더욱 그렇다.

매년 새로운 아이들과 만나는 그 시간과 공간은 나에게는 새로운 여행이고 깨달음의 성지가 된다. 따뜻한 봄바람을 만날 때 아이들을 만나고 여름 장맛비를 함께 맞고 단풍을 보고 찬바람이 불기 시작함을 느낀다. 이제 아이들과 이별의 시간이 다가오고 있는 것이다. 흰 눈을 함께 보면 정말 이별이다.

언제부터인가 엄마와 선생님을 헷갈리기 시작했고 아이들의 엄마이자 스승이고 싶었다. 학교에서 아이들이 엄마라고 부르기 시작했던 그때부터 학교는 나에게 생활지이자 여행지가 되었다. 국어교사로서 아이들이 생각을 마음

껏 표현하도록 도와주고 응원해 주고 싶었다. 그래서 학생
들과 함께 글을 쓰고 그 결과를 남기기 시작했다.

　여행자가 되고 학교가 여행지가 되듯이 나와 함께한 아
이들에게도 학교가 그랬으면 좋겠다. 우리가 함께 한 시간
이 학창 시절의 소중한 추억이 되기를 간절히 바라며 행복
한 여행자로 동행해 준 나의 아이들에게 고마움을 전한다.

오늘도 화장실에서 눈물을 흘린다

김하영

★ ★ ★ ★ ★ ★

오늘 학원에서 한소리를 들었다.

사실은 전에 학원에 적응하기 힘들어 엄마께 '조금 힘들다'라는 말씀을 드린 적이 있다. 힘든 마음에 위로를 받고 싶어 말씀을 드린 것인데 내가 생각한 것과 다르게 엄마께서 혼을 내시는 것이었다.

혼나는 동안 많이 속상했다. 어째서 난 위로를 받을 수 없는 것인지. '난 그냥 잘할 수 있다고 조금만 더 열심히 해보자는 위로의 말로 일으켜 주시길 바란 것인데'라는 섭섭함으로 마음이 쓰라렸다.

그렇게 몇 분을 울다 엄마께 다시 말씀드렸지만 아무 말도 없으셨다. 다시 생각해보니 '이렇게 울고 있는 나는 엄마에겐 불효녀가 아닐까?'라는 생각이 들어서 더는 아무런 말도 못 하고 그 자리에서 몇 분을 또 울었다.

내 머릿속에는 남을 생각하는 나와 나를 먼저 생각하는 내가 싸우고 있었다. 여태까지의 나는, 혼자 화장실 바닥에 앉거나 벽에 기대 혼자 울던 내가 너무 서럽고 괴로워서 편히 말할 상대가 필요했는데 다들 자기 삶을 살기 바쁘니 누구에게도 기댈 수 없었다는 그 생각이 날 잡아먹고 있었던 것이다.

그래서 나는 아무에게도 할 수 없었던 말을 이렇게 글로 쓰게 된다.

다시 돌아와, 학원 선생님께 한소리를 들었을 때 이런 생각이 들었다. '다른 사람들한테 힘들다는 이야기를 하면 안 되겠구나.'

그렇게 난 오늘도 아무도 없는 화장실에서 눈물을 흘린다.

그림 / 김서율

나의 소중한 사람들

김송이

1. 외할아버지

내가 어렸을 때 외할아버지가 조금 일찍 돌아가셨다. 하지만 나는 너무 어렸기에 돌아가셨다는 게 뭔지는 잘 몰랐다.

사실 할아버지와 함께한 기억은 많지 않지만, 그래도 제일 기억에 남는 건 할아버지께서 병원에 입원하셨을 때 사촌 언니와 같이 그림을 그려 할아버지께 전해드린 기억이다. 물론 언니는 기억이 안 날 수 있지만, 난 그때 '할아버지 빨리 나으세요!'라는 비슷한 문구를 넣고 열심히 그린 기억이 있다.

어디서 들었는데, 사람이 다른 사람을 잊을 때 목소리부터 잊는다던데 진짜 그런 것 같기도 하다. 왜냐하면 몇 년이 지나고 난 후 할아버지의 목소리가 생각나지 않았기 때문이다.

그리고 또 몇 년이 지난 지금은 할아버지의 얼굴이 잘 생각나지 않는다. 목소리도 얼굴도 이젠 생각나지 않지만, 나는 할아버지를 마음속에 두고 있다. 그래서 만약 할아버지를 다시 만난다면 꼭 말씀드리고 싶다.

"할아버지! 저 잘 지내고 있어요! 꼭 절 지켜봐 주세요!"

2. 아빠와 같이

내가 5~6살에 아인스월드라는 곳을 많이 갔었다. 그곳에는 놀 수 있는 공간이 많았는데 주말에 틈만 나면 아빠와 같이 갔었다.

입구로 들어가면 방방으로 들어갈 수 있는 곳이 있는데 거기로 들어가면 에어 방방이 있었다. 에어 방방은 큰 풍선에 공기가 들어 있어서 어린 친구들이 놀 수 있는 공간인데, 거기서 정말 많이 놀았다. 그리고 거기에는 기차가 있었는데 그걸 타고 아빠가 사진을 찍어주신 기억이 많이 난다. 또 위층으로 올라가면 볼 풀장이라는 곳도 있어 거기서도 헤엄치며 놀았다. 또 뽑기도 해서 예쁜 목걸이도 얻었었다. 마지막으로 밖으로 나가면, 다른 나라의 상징인 건물의 모형들을 볼 수 있었다.

내가 이렇게 생생하게 기억할 수 있는 건 아빠가 많이 데려다주셨기 때문이다!

그 후 초등학생이 되고 나서는 나의 아인스월드는 추억으로 돌아갔다.

그렇게 아인스월드와 아빠의 추억들을 잊고 있었을 때 엄마가 말해주셨다. 최근에 방 안에 계시던 아빠가 내가 어렸을 때 아인스월드에서 찍은 사진을 보고 울었다고.

나는 그 이야기를 듣고 약간 의아했다. 슬픈 영화를 봐도 안 우시는 아빠가 내 사진을 보고 우셨다는 게 조금 신기하기도 했다.

나랑 아빠는 둘이 있으면 티격태격하기도 하고 같이 장난치는 사이인데 그런 아빠가 내가 모를 때 우셨다고 하니, 내가 아는 아빠가 아닌 다른 사람인 것 같았다.

이 글을 쓰면서도 약간 눈물이 나온다. 하지만 앞에 아빠가 있어 눈물을 참고 있다. 우리 부녀는 다른 가족들보다는 좀 더 특별한 사이라고 생각한다.

"아빠! 말로는 못 하지만, 사랑해요!"

3. 엄마라는 무게

다른 사람들도 어렸을 때는 엄마라는 존재가 가장 좋았

을 것이다. 그건 나도 마찬가지이고, 우리 엄마도 어렸을 때 할머니가 가장 좋았다고 하신다.

기억은 없지만, 어렸을 때 난 정말 많이 아팠다고 한다. 틈만 나면 감기에 걸려 고생을 했다고 들었다. 심지어 돌잔치 날, 내가 아파 응급실에 갈 정도였다고 들었다.

내가 아플 때, 나를 가장 많이 챙겨준 사람은 바로 엄마였다. 어렸을 때는 엄마는 누구에게나 다 있는 거라고 생각했는데, 크면서 주위 사람들을 보니 이혼해서 한 부모 가정이거나 사고로 부모님을 잃은 가족들을 보면 엄마라는 존재가 없을 수도 있구나라고 생각했다. 그래서 난 행복하기도 하다. 엄마라는 존재가 있어서.

내가 제목을 '엄마라는 무게'라고 한 것은 엄마가 되기 위해서는 많은 노력과 책임이 필요하다는 걸 알았기 때문이다.

최근 도덕 시간에 배웠는데 부모가 되기 위해서는 많은 책임이 있어야 한다고 배웠다. 좋은 엄마가 되기 위해 노력하고 배우고 실천한다는 게 힘들다는 걸 알았다. 또 자녀가 아프면 걱정도 되고 자신은 엄마니까 아이에게 도움이 되고 싶고 이런 걸 보면 엄마는 참 힘든 무게들을 견디고 있는 것 같다.

"엄마! 지금까지 저를 위해 노력해주셔서 감사해요! 저도 노력할게요!"

4. 외할머니

우리나라 할머니들은 손자, 손녀가 배고프면 한 상 가득 음식들을 차려준다는 이야기. 그건 정말 사실이다. 배불러서 괜찮다고, 5번 넘게 말해야 드디어 멈춘다. 이렇게 잘 챙겨주시는 외할머니와도 내가 어렸을 때 이야기가 있다.

내가 돌이 지나기 전, 엄마랑 아빠가 일하느라 바빠서 할머니 댁에 나를 맡겼었다.

나는 7개월 동안 외할머니, 외할아버지와 같이 살았었다고 한다. 내가 외할머니 댁에서 예쁨을 많이 받았다. 어렸을 때, 외할머니가 밥을 챙기고 주려고 하면 저 구석에 들어가 안 보였다고 한다. 그리고 내가 아플 때, 할아버지가 바로 차를 타고 할머니랑 같이 병원에 가주셨다고 하였다.

병원에 가면 간호사분들이 날 좋아하셨다는 말도 들었다. 7개월이 지나고 엄마랑 아빠가 날 데리러 왔을 때, 정말 놀랐다고 한다. 내가 포동포동 살이 쪄서 엄마가 귀엽다고 느낄 정도였다고 한다. 그만큼 우리 할머니가 많이 챙겨주신 거라고 생각한다.

"우리 할머니! 앞으로 꼭 제가 잘 챙겨드릴게요!"

5. 외사촌 언니들과 사촌 오빠

나는 가족 중에서 나이가 가장 어리다. 사촌 언니들과 사촌 오빠들은 다 성인이다(큰삼촌 딸, 아들). 그래서 그런지 내가 어릴 때 언니, 오빠들이 집에 와 나를 돌봐주기도 했다. 그 뒤로 내가 초등학생이 되고 사촌 언니 중의 하나가 나랑 많이 놀아줬다. 그 언니는 지금 교수인데 옛날에는 시간이 많아 나와 놀아줬지만, 지금은 바빠 얼굴조차 보지 못한다.

그리고 한 명은 인테리어 관련 일을 하고 있다. 그 언니는 손재주가 좋아서 옛날에 발찌를 만들어주기도 했었다. 그리고 마지막으로 사촌 오빠가 있는데 그 오빠는 항공사 일을 하고 있다. 옛날에는 사진도 찍고 그랬는데 코로나 이후 별로 만나지 못해서 가끔 만나면 어색하기도 하다. ㅎㅎ…
"언니, 오빠! 모두 사랑해요!"

6. 이모할머니

어렸을 때부터 날 가장 많이 챙겨주신 이모할머니. 어렸던 나와 제주도 여행도 다녀주시고 날 정말 좋아하셨다. 지금도 마찬가지이지만! 만약 나에게 이모할머니가 없었더라면 지금의 내가 나오지 않을 정도로 나에게 많은 도움을 주셨다. 엄마와 내가 싸울 때 내 편도 가장 많이 들어주신다.

그리고 최신 노래들도 많이 알고 계시고, 옷도 잘 사주시기도 한다. 하지만 그중 내가 제일 좋아하는 건 만날 때마다 용돈을 주신다는 거다. 난 그 후 저축을 하기 시작했다. 이렇게 보면 이모할머니라는 존재는 생각보다 나에게 큰 존재인 것 같다.

글을 쓸 때는 잘 몰랐지만 하나하나 내 기억들을 돌아보니 이모할머니는 나에게 계속 좋은 일만 해주셨던 것 같다. "할머니! 감사합니다!"

7. 할머니, 할아버지

내가 어린이집 다닐 때까지, 할머니 집에 자주 갔다. 심지어 어린이집 선생님이 내가 쓰는 일기를 보시고는 "송이는 주말에 할머니 댁만 가나요?"라고 묻는 정도였다고 한다. 그 후 초등학교를 입학하고는 자주 못 찾아갔다. 그래도 가끔씩이라도 할머니와 할아버지를 뵈러 간다. 그런데 내가 커서 그런가 옛날에는 하지도 않았던 생각들을 하게 된다.

할머니와 할아버지는 아직도 밭농사를 하시는데, 그런 걸 보면 되게 마음이 아프다. 연세도 많으시고 이제 허리까지 아프신 할머니, 할아버지. 그러면서도 우리 가족들을 챙겨주시는 걸 보면 정말 한 마음 구석이 쓰리다.

할머니의 까칠까칠한 손을 만지면 또 울컥한다. 역시 할머니, 할아버지는 자신보다는 가족들이 우선인 것 같다. 나중에 가면 사랑한다고 꼭 말씀드려야겠다.

"할머니, 할아버지 오래오래 건강하세요. 사랑해요!"

8. 사촌 언니

우리가 흔히 아는 사촌들과는 정말 서먹한 사이가 많다. 하지만 우리 사촌 관계는 정말 좋다. 거의 하루에 한 번 이상은 연락을 하는 사이이기도 하다.

사실 외가 쪽에는 내가 늦둥이라서 그런지 다 성인인데 아빠 쪽은 딱 한 명의 한 살 차이 나는 언니가 있다. 내가 중학생이 되고 나서는 연락을 많이 못하는 경우도 있지만 그래도 거의 꾸준히 한다. 나랑 또래라서 그런지는 몰라도 같이 이야기하는 것도 재밌다.

하지만 성격은 좀 많이 다르기는 하다. 예를 들어, 난 화장 쪽에는 관심이 없지만, 언니는 화장 쪽에 관심이 있는 것? 요 정도가 있다!! 그래도 내가 진짜 아끼는 언니다. 이걸 본다면 꼭 알려주고 싶다.

"언니! 계속 친하게 지내고 싶다공!! ㅎㅎ"

9. 만남과 이별, 그리고 이별과 만남

마지막으로 이 글을 쓰면서, 만남과 이별이라는 것에 대해서 좀 알게 된 것 같다.

누구에게나 만남이 있으면 이별이 있다. 만남이 있다면 이별이 있고, 이별이 있다면 또 다른 만남 있다.

그리고 수레바퀴처럼 인간관계는 계속 돌아간다. 내가 없어도.

그러니 내가 눈을 감을 때 다른 사람은 나와 이별을 하겠지만, 언젠간 또 인연이 닿는다면, 새로운 만남이 날 기다리고 있지 않을까?

첫 시험

김유경

　인생의 고난이란 이런 것일까.

　올여름, 인생의 고난을 눈앞에 두고 생각했다. 그 고난이란, 시험을 의미했다. 누구나 한 번쯤 겪었을, 겪을 시험. 우리 학교는 시험을 한 학기에 1번 보고, 1학년 때는 보지 않았다. 시험의 횟수가 적어지니, 한 번 볼 때 얼마나 떨리겠는가. 올 7월에 볼 시험은 첫 시험이기도 해서, 불안함은 하늘을 찌를 듯 높아져만 갔다.

　곧 보게 될 첫 시험에서 좋은 성적을 받고 싶었기에 학교에서 집에 오기만 하면 항상 핸드폰을 끄고 공부를 했다. 내가 만족하는 점수를 얻고 싶다는 소원이, 소원에만 머무르지 않고 결과로까지 이어질 수 있도록 최선을 다해 노력했다. 공부를 하다 모든 것을 다 놓고픈 마음이 들 때면, 시험을 치고 행복하게 놀 자신을 상상했다. 자기 전, 쉬는 시간 아니면 잡생각이 들 때, 아주 행복하게 웃으며 놀고 있는 자신을 상상하면 '그때 더 행복하게 놀려면 지금 한 장이라도 더 봐야 해'라는 생각으로 다시 책을 보게 된다. 공부를 하며 얻은 나름의 팁이었다. 그렇게 마음을 다잡아도 사람 마음이 다 그렇듯, 한순간 무너지기도 했다. 공부는 너무도 외로워서 '내가 지금 잘하고 있나?' 하는 생각이 들 때면 답을 알 수 없다는 사실에 걷잡을 수 없이 눈물이 나기도 했다. 다시 마음을 추스르며 잡생각을 뒤로 미뤘다. 공부는 계속할 수밖에 없었다.

시험이 하나둘 끝나고 마지막 시험이 끝났을 땐 행복해서 가볍게 뛰기만 해도 하늘로 슝 날아갈 것만 같았다. 그동안의 모든 근심이 눈 녹듯 사라졌고 세상 모든 것이 아름다워 보였다. 집에 가서 내가 좋아하는 음악을 들을 때는, 내 인생에서 지금이 가장 행복하다는 생각까지 들었다. 이 힘든 걸 여러 번 겪은 다른 선배님들이 너무 존경스럽다는 생각도 들었다. '한 번만 시험을 봐도 이렇게 힘든데 이걸 어떻게 여러 번 준비하지?'라는 생각이 들었기 때문이다.

이번 시험을 통해 얻은 것은 나의 노력에 대한 성취감과 믿음, 목표를 이루려 최선을 다한 과정의 경험이었다. 공부하며 가장 힘들었던 게 '내가 제대로 노력하고 있나?' 하는 것이었다. 노력도 제대로 된 방향과 방식으로 해야 하는 것이기 때문이다. 노력이 물거품이었을까 걱정했다. 시험을 보고 나서 내 노력에 대한 믿음이 생겼다. 나의 노력이 올바른 길로, 올바른 방식으로 가고 있었음을 말이다. 시험 점수라는 건 내가 앞으로 받게 될 많은 숫자 중 하나로 받아들이고, 미련을 가지지는 않기로 다짐했다. 그보다는 거기까지 이를 수 있었던 과정에 초점을 맞춰 중요성을 부여해야 한다고 느꼈다. 노력을 안 해본 사람은 노력을 어떻게 해야 하는지조차 모르기에 나는 이 시험에서 노력하는 법을 배웠다고 생각한다. 그것은 뿌리가 되어 깊은 곳에 자리 잡아 앞으로도 나를 올바른 노력의 길로 이끌 것이라 느꼈다.

이번 시험이 우리에게 끝은 결코 아니다. 이번 시험이 망했다고 해서 인생이 끝나는 것도, 인생이 완전히 구제 불능이 되어버리는 것도 아니다. 우리에겐 내일이 있고, 다음 시험이 있다. 언제나 만회할 기회는 열려있다는 뜻이다. '공부는 마라톤 경주와 같다'라는 말이 있듯이 공부는 엄청난 장기전이다. 오늘의 시험 결과에 일희일비하기보다는 더 성장한 내일, 더 발전한 내일을 만들어 가는 것이 어떨까.

이 글이 세상 밖으로 나올 때면 나는 벌써 두 번째 시험을 준비하고 있겠다. 머리가 지끈거려 오지만 다시 힘을 내보자고 다짐한다. 그런 나와 더불어 시험을 준비하는 이들이 최선을 다해 노력하되 지치지는 않도록, '파이팅!'을 건넨다. 모든 이들이 자신의 노력만큼 시험 결과를 얻을 수 있기를 바랄 뿐이다.

사람들에게 지친 너에게

이진주

"살면서 적을 만들지 마라."

부모님께서 항상 하시던 말씀이었다. 살면서 생각 없이 한 언행이 미래에 가장 중요한 순간에 발목을 잡게 될 거라고.

그 말이 너무나도 공감되었다. 요즘 연예인들 보면 학창 시절 생각 없이 한 언행으로 대중들의 비난을 받으며 연예계에서 소리소문없이 사라지는 것을 자주 봐왔기 때문이다. 그런 연예인들을 보면서 미래를 위해 오랫동안 준비한 것이 한순간에, 언행 한 번에 다 무너져 내린다는 것이 무섭고 두려웠다. 그래서 친구를 대할 때도 몇 번이고 내 말과 행동에 신경 써왔고 항상 친구에게 호의적으로 행동하려고 노력해 왔다. 그러다 보니 주변에 좋은 친구들이 많이 생겼고 그런 친구들 덕분에 더 많은 경험을 하고 성장할 수 있게 되었다.

학교에 다니면서 친구들과 함께 도전하고 의지하며 좋은 추억을 쌓아 가는 게 너무 즐거웠고 행복했다. 그래서 점점 좋은 추억이 쌓여갈수록 소중한 친구들을 잃지 않고 싶다는 마음이 강해졌던 것 같다. 그래서 언행에 더 조심하게 되고, 누군가와 갈등이 생기는 상황은 최대한 피해 가려 했다. 그러다 보니 내 주장을 내세우는 것보단 그냥 친구들이 원하는 대로 따라가고 넘어가는 일이 갈등도 안 생기고 뒷말도 안 나온다는 걸 느끼게 되었다.

꽤 오랫동안 그렇게 살다 보니 어느 순간부터 내 의견이나 주장을 말하는 것이 어색하게 느껴졌다. 친구들끼리 얘기를 하다가 이건 진짜 기분 나쁘고 아닌 것 같다는 생각이 들어서 이건 좀 아닌 것 같다고 말하려고 해도 '근데 다들 가만히 있는데 이런 말을 해도 되는 게 맞는 건가?' '내가 너무 오버하는 건가?'라는 생각 때문에 그냥 참거나 무시하는 날들이 많아졌다. 그러다 보니 내 의견 등을 표현할 때도 망설여지는 날들이 많아지게 되었고, 자연스럽게 주장하는 것, 거절하는 것에 소극적인 성격으로 변했다. 친구들 앞에선 그냥 넘어가고 집에 돌아오면 이건 거절할 걸, 이건 말할 걸 하고 후회하는 날들이 반복되었다.

계속 그렇게 쌓고 가만히 있으니까 기분 나쁜 말과 행동을 계속하는 사람들이 점점 늘어났다. 한두 번이면 그냥 넘어가는데 그게 여러 번 반복되니까 스트레스로도 쌓이고 이건 그냥 싸우자는 거냐는 생각이 들어 친구가 싫어지기도 했다. 그냥 무시하자 하고 무시하면 계속하고, 그만하라고 말하려니 여태까지 그냥 무시하거나 넘기며 살아와서 뭐라고 말하는 게 망설여졌다. 그뿐만 아니라 말했다가 기분 나쁘다고 뒤에서 욕이란 욕은 다 하고 다니니 뭐라고 얘기하기도 쉽지 않았다. 정말 아닌 건 아니라고 말해야지 다짐해 놓고 그런 상황이 오면 또 망설이다 흐지부지 넘어가게 되었고, 마음속의 스트레스와 고민은 점점 쌓여 폭발까지 단 1%를 남겨 두고 있었다.

그날은 참 날씨가 좋았다. 창 너머로 보이는 햇살은 얼마나 따스하던지, 가끔씩 불어오는 바람은 어찌나 시원하던지, 날씨가 좋으니 기분이 참 좋았다. 그 일이 일어나기 전까진. 하루가 순탄하게 잘 흘러가고 있었는데, 사건은 하루가 잘 마무리되고 있을 때 일어났다. 그 친구는 친구를 가볍게 여겼다. 약속이나, 말이나 행동에서 사람을 가볍게 여기고 무시하는 듯한 느낌이 묻어 나왔다. 친구인데도 만나면 만날수록 내가 을이 되는 것 같았다. 그런 일들이 한두 번일 땐 그냥 넘어갔는데 그게 계속 반복되니 정말 사람이 미칠 것 같았다.

그날도 친구는 나를 가볍게 여기는 언행을 하였고 그 순간 1% 남아있던 게이지가 채워졌다. 그동안 쌓여있던 감정들이 폭발해 화가 머리끝까지 차올랐고, 많은 감정이 매서운 파도처럼 일어났다. 이 순간만큼은 인간관계가 파탄 나든 친구들이 나를 멋대로 생각하든 그냥 내가 하고 싶은 말 다 하고 싶었다. 내 입에서 울분을 담은 말이 나가기 직전에 한마디 말이 뒤통수를 때리듯이 내 머리에 강력하게 떠올랐다.

"살면서 적을 만들지 마라."

곰곰이 생각해 보았다. 지금 내가 화나는 대로 쌓인 대로 다 내뱉는다면 감정에 휩쓸려 하지 말아야 할 말도 막 나가게 될 것이고, 내가 하고 싶은 말도 논리적으로 하지 못하게 될 것이다. 이 상황에서 무언가를 한다면, 시간이 지나고 나서 분명 후회하게 될 일밖에 생기지 않으리라 생각했다. 그래서 일단 분노가 진정될 때까지 친구와 조금 거리를 두고 친구에게 할 말을 정리했다. 그리고 약간의 시간이 지난 후 이야기를 꺼내려고 친구에게 갔다. 근데 막상 친구에게 말을 하려니 도무지 입이 떨어지지 않았다. 그러자 그틈을 타 걱정들이 꼬리에 꼬리를 물고 늘어지며 나를 괴롭혔다. 괜히 말했다가 별거 같지도 않은 거 가지고 이렇게까지 하냐고, 이해 못 하겠다고 되레 화내면? 안 그래도 서로 성향도 정말 다른데 내가 이런 얘기를 하는 것에 대해 이해 못 하고 갈등 생기면? 오히려 지금보다 더 피곤해질 것 같다는 생각이 들었다.

하지만 더 이상 그런 이유로 넘어갈 수는 없었다. 또 말 안 하고 대충 넘어가면 난 계속 상처받아야 하는데, 그럴 바엔 그냥 시원하게 말해야겠다는 다짐으로 친구에게 말을 꺼냈다. 일단 네가 한 이런 말과 행동을 한 것이 내 입장에서는 나를 무시하는 것 같다는 생각이 들어 기분이 좋지 않았다고, 내가 느꼈던 것들을 솔직하게 말했다. 그리고 같은 행동이 반복되지 않게 앞으로는 그런 언행을 하지 않아 줬으면 좋겠다고 말했다.

내 말이 끝나자, 친구가 잠시 후 입을 열었다.

"네 말을 듣고 나니 그렇게 느꼈을 수 있었을 것 같아. 미안해, 앞으론 조심할게."

그 말을 들으니, 자신의 잘못을 인정하고 미안하다고 말해준 친구도 고마웠고, 내 의견을 정확하게 전달하면서 내 고민도 평화롭게 해결되어서 마음이 날아갈 듯 가벼웠다.

그날 이후 나는 내 감정에 더 솔직해지자고 다짐했고 친구들이랑 갈등이 생기거나 오해가 생기면 최대한 이렇게 해결하려고 노력했다. 물론 좋게 끝나지 않았던 적도 많았다. 내 말을 아예 들으려고 하지도 않는 친구도 있었고, 내 앞에선 말도 못 하면서 내 뒤에서 날 뒷담하고 은근슬쩍 모욕 주는 친구도 있었다. 옛날엔 이런 게 굉장히 신경 쓰이고 싫었지만, 지금은 딱히 신경 쓰이지 않는다. 왜냐하면 나를 잘 알고 믿어 주고 아껴 주는 친구들은 그런 뒷담을 들어도 별 신경 쓰지 않고 내게 먼저 물어보거나, 그냥 아무 말 없이 날 믿어 준다는 걸 이젠 알기 때문이다. 그리고 그런 거 하나하나에 신경 쓰면, 나에겐 쓸데없는 감정 낭비밖에 되지 않고 그런 친구에겐 내가 그런 거에 신경 쓰는 것 자체가 아주 좋은 놀림감이기 때문에 그냥 무시하며 내 할 일 잘하며 살아가는 게 현명한 방법이라고 생각한다.

내가 이 이야기를 하는 이유는, 여태까지 여러 친구를 만나고 여러 일을 겪으면서, 나처럼 친구 사이에 기분 나쁜 일을 겪어도 자신의 의견이나 감정을 남에게 솔직하게 표현하지 못하고 참기만 하는 친구들을 많이 봐왔다. 누가 봐도 친구를 배려하지 않는 기분 나쁠 만한 행동인데도, 다들 꾹꾹 참고 눈치만 보는 걸 많이 봐왔다. 그 순간의 정적이, 친구들의 눈빛이, 표정이, 아직도 기억에 남는다. 나도 그런 일을 많이 겪어 봤기 때문에 그게 어떤 기분인지 너무나도 잘 안다. 기분 나쁘다고 한마디 할까 하는 생각이 들다가도 그냥 무시하자, 넘어가자, 하며 상황은 넘어간다. 넘어가도, 무시해도 괜찮다. 하지만 계속 마음에 감정들과 억울함이 쌓인다면 얘기하고 넘어가는 게 맞다고 생각한다. 친구에게 상처 주기 싫어서, 괜히 피곤해지기 싫어서 계속 삼키기만 한다면, 컵에 물을 계속 부으면 언젠간 컵이 꽉 차서 물이 넘쳐흐르는 것처럼 마음속의 아픔도 언젠간 넘치게 된다. 그러면 그 감정이 어떤 방식으로든 분출될 수밖에 없다. 갈등을 만들지 않고 상처를 주지 않기 위해 선택한 수단이 친구에게 더 상처가 되고 더 큰 갈등이 생길 수 있다는 말이다.

참기만 하는 건 정신적으로도 육체적으로도 나 자신에게 정말 좋지 않다. 그건 자신을 괴롭히는 것과 마찬가지이다.

만약 용기 내서 말을 했는데 상대가 내 말을 듣지 않거나 왜 그딴 식으로 말하냐는 둥 따졌다는 둥 화를 내고 짜증을 내면 그런 친구는 깔끔하게 정리하는 게 맞다. 그런 친구는 무슨 말을 하든 안 좋게 볼 것이 뻔하기 때문에 대화가 되지 않는 사람들과 쓸데없는 감정 낭비하지 않았으면 좋겠다.

이 세상에 즐겁고 행복한 것들이 얼마나 많은가. 어차피 한 번 사는 인생, 나를 존중해주고 믿어 주고 아껴 주는 친구들과 지냈으면 좋겠다. 우리 모두 행복하게 살자.

행복의 요건

임예담

중학생이 되면서 행복에 좀 더 관심이 생겼다.

내가 무엇을 하면 행복한지 지금까지 많은 것을 해 봤다.

나는 지금까지의 경험 중에서 사랑을 하면 더 행복해진다는 것을 깨달았다.

사랑은 연애로만 느낄 수 있는 것이 아니고 다른 사람, 가족이나 친구, 연예인을 좋아한다고 하면 행복함이 더 많이 느껴지는 것 같다.

물론 사람마다 다를 수도 있지만 내가 지금까지 느낀 행복의 근원지를 찾자면 사랑에서 많이 나오는 것 같다.

자신이 행복해지고 싶은데 딱히 좋아하는 사람이 없다면 자신의 주변인들을 사랑하면 된다. 꼭 이성을 사랑해야 한다고는 생각하지 않는다.

등교

정서현

다른 것 같지만 매번 같은 등굣길.

해가 다 뜨기도 전에 일어난다. 학교에 가기 전에 가장 편안한 집에서 좀 더 놀고 싶으니까.

일어나자마자 휴대폰 알람을 모두 꺼버리고 화장실로 들어가 샤워부터 한다. 시간이 많다면 몸, 머리 다 씻고, 시간이 없으면 머리만 감는다. 요즘엔 일찍 일어났으니, 머리만 감는 일은 없었다. 샤워를 마치고 나오면 수건으로 대충 물기를 닦고 머리를 말린다. 그러다 보면 엄마가 깬다. 그럴 때마다 엄마는 "머리는 네 방에서 말려라. 아침 6시 40분마다 일어나려니 피곤하다."라고 얘기한다.

머리가 다 마르면 내 방으로 돌아와 옷을 입는다. 늘 입는 생활복과 체육복 바지, 하복은 싫다. 상의가 너무나도 마음에 안 든다. 차라리 동복을 입는 게 낫지. 옷을 다 입으면 침대에 누워 카톡을 하거나 유튜브를 보며 시간을 때운다. 시간이 흘러 8시 15분이 되면 양말을 신고 물을 챙긴다. 가방

116

을 메고 마스크를 끼고 신발을 신으면 방에서 나온 엄마가 내게 말한다. "조심히 다녀와. 또 넘어지지 말고."

계단을 내려가 밖으로 나온다. 비가 오면 걸어가고 날이 밝으면 자전거를 타는데, 요즘은 계속 비가 내려서 걸어갔다. 10분이나 20분 걸리는 등굣길, 5개월 정도를 같은 길을 반복하여 오고 갔지만 여전히 힘이 든다. 하지만 혼자 조용히 휴대폰을 바라보며 하는 등교는 좋다. 이거 말고는 좋은 게 없다. 길을 가다가 아는 얼굴이 보이면 최대한 고개를 숙여 모르는 체한다. 부르면 무시하고 다가오면 걸음 속도를 높인다. 이러다 보면 우여곡절 끝에 공원에 도착한다. 벤치가 많고 놀이터도 있으니, 더위도 식히고 쉴 만큼 쉬다가 다시 출발하여 학교로 간다.

나의 등굣길은 매번 이렇다. 항상 같은 기상 시간, 같은 감성, 하지만 비가 오지 않을 때면 즐겁다. '사람은 날씨에 따라 기분이 바뀌는 게 맞구나.' 하고 다시 깨닫게 되는 시간이기도 하다.

내 꿈을 생각하며 준비한 등굣길

김하영

아침에 힘들게 일어나 학교 갈 준비를 한다. 학교를 처음 만든 사람은 무슨 생각으로 만들었는지 생각하며, 맛없는 누룽지를 먹는다.

최악의 월요일, 등교 준비에 서른 번이나 한숨을 쉬고 더러운 내 얼굴을 보며 어떻게 학교를 빠질지 왜 건강한지 이런 생각을 하면서, 이렇게 살면 커서 뭘 할 수 있을까? 고민했다. 귀찮고 복잡한 건 싫은데, 돈은 많이 벌고 싶고, 좋은 직장도 다니고 싶고, 그래서 생각한 것이 때마침 TV에 나오던 삼성이었다. 그런데 내가 할 수 있을까? 공부도 안 하고 똑똑하지도 않으면서 삼성을? 그래도 노력하면 되지 않을까? 공부를 열심히 하면 삼성 말고도 다른 곳도 많을 거라고 긍정적으로 생각하기로 했다.

많은 생각을 하다 보니 어느새 준비가 끝나 집에서 기분 좋게 나왔다. 하지만 30분에 만나기로 한 친구는 4분이나 늦고, 내게 해당하는 황소자리 운세만 안 올라왔다. 비도 이상하게 와서 짜증 난 상태로 학교에 도착했다. 그래도 이 상태의 내가 용케 학교까지 왔다는 게 너무 대단하다고 느꼈다.

그러나 다시 생각해 보면, 역시나 등굣길은 나랑 안 맞는 것 같다. 준비하는 모든 게 너무 힘들다.

학교, 그리고 꿈의 일기

김민섭

* * * * * *

오늘 아침 기상도 힙합으로 한다. 일어나 밥을 먹으면서도, 세면 중에도 힙합을 듣는다. 그리고 등굣길에 나서는데, 등교하면서도 가사를 중얼거리며 외우기 시작한다. 지나가는 사람이 있을 때마다 듣지는 않을까 얼굴이 빨개지지만 꿈이 래퍼인 나는 다시 중얼거린다.

랩 하는 동영상을 보게 되면 가수보다도 가사와 무대에 신경 쓰게 된다. 가사를 보면서는 '저런 가사는 어떻게 쓰는 거지?' 하고 무대를 살펴보면서, '언젠가는 나도 저런 곳에서 공연할 거야' 하면서 등교를 한다. 친구들을 만나면 언제 그랬냐는 듯, 중얼거리던 가사를 잠시 멈추고 평범한 중학생처럼 게임, 안부, 재미있는 이야기를 하며 떠든다. 가끔은 길을 가다가도 '나중에 내가 유명해진 후, 길을 가던 사람들이 알아보면 어떡하지' 하며 김칫국을 크게 들이킨다. 아직 도전도, 공연도 안 해봤는데 말이다.

가끔은 밟고 있는 이 길이 레드카펫, 무대 같다는 느낌도

든다. 이런 상상을 하며 학교에 가고, 평범한 일상을 보내고 또 다음날에도 그런 생활을 반복하며 꿈을 키워나간다.

　나는, '학교에 감으로써 꿈을 꾸는 것이다.'라고 생각한다. 왜냐하면 모든 과목을 배우며 나의 재능과 적성을 찾으며, 나아가 꿈을 찾아가는 곳이 학교이기 때문이다.

등교는 꿈을 이루기 위한 첫걸음이다

박순호

★ ★ ★ ★ ★ ★

　알람 소리에 지친 몸을 이끌고 일어났다. 샤워하며 자고 싶은 마음이 날뛰는 걸 가라앉혔다. 찬물 세수도 한 뒤, 왜 시작했는지 후회되는 아침 운동을 하며 더욱 피곤해졌다. 지금 먹는 게 무엇인지도 모르며 대충 먹고, 옷 갈아입고 나오면 등굣길이라는 생각에 짜증이 나 기분이 풀릴 때까지 뛰었다. 역시 달라지는 게 없고, 힘들기만 했다.

　땀을 흘리다 보니 어제 본 광고 내용이 생각났다. 나보다 어린 나이에도 불구하고 아침도 제대로 먹지 못하고, 쥐 똥만한 돈을 벌기 위해 피땀 흘린다는 가난한 아이들 이야기였다. 그 광고를 본 후, 나는 내가 행복한 삶을 살고 있다는 것을 깨달았다. 대부분의 학생들은 학교에 가는 것이 불행하다고 생각할 것이다. 나 또한 그렇다. 하지만 우리가 학교에 가서 지식을 쌓을 시간에 먹고 살기도 힘들어, 학교에 가는 게 꿈인 아이들도 있다. 우리는 당연하다는 듯 학교에 가서 공부한다고 생각하니 방금까지 짜증 내던 나 자신이 창피해졌다.

　우린 항상 누군가의 꿈을 이루고 있는 것이다. 나는 커서 그런 아이들이 학교에 다닐 수 있도록 후원하며, 긍정적이고 여유 있는 사람이 되어야겠다. 직업만 꿈이 될 수 있는 건 아니기 때문이다.

　마음을 바꾸니 등교가 싫지만은 않아졌다. 꾸준히 하고 수업에 집중만 해도 자신의 꿈, 자신이 원하던 일을 이루어 낼 수 있기 때문이다.

학교에서 꿈을 꾸다

강다희

★ ★ ★ ★ ★ ★

친구들은 꿈을 위해 한 발자국씩 다가가고 있는 것 같은데, 나는 오히려 꿈에서 멀어지고 있다는 생각이 들었다.

학교 진로 시간에는 꿈을 찾을 수 있도록 도와준다. 나도 꿈은 있다. 하지만 그 꿈을 이루기 위해서 무엇을 해야 할지 너무 고민되고 막막하다.

학교에서는 꿈을 못 찾은 학생들을 위해서 여러 가지 체험과 활동을 할 수 있도록 해준다. 학교는 꿈을 향해 나아갈 수 있도록 도와주는 다리 같은 곳이라고 생각한다. 하지만 나는 학교에서 주는 기회들을 놓치고 있다는 생각이 들었다. 꿈은 있는데 그 꿈을 이루기 위해서 어떤 일을 하고 어떤 것을 해야 하는지를 모르겠다. 내 주변 친구들은 알아서 잘하고 있는 거 같은데, 나만 뒤처진다고 생각했다.

그러나 지금은 다르다. 내게 주어진 일에 최선을 다하고, 지금 하고 있는 일에 최선을 다하는 것도 꿈을 향해 나아가는 방법 중 하나라고 생각한다.

꿈꾸는 등굣길에 관하여

정연우

★ ★ ★ ★ ★ ★

　선생님께서 꿈꾸는 등굣길에 대해 글을 쓰라고 했을 때, 솔직히 나는 어이가 없었다. 학교에 가는 것이 일상인 10대 청소년들이 등교할 때, '나는 이런 꿈을 이루기 위해 학교에 가는 거야' 하고 생각하면서 학교에 오는 청소년들이 전국을 통틀어 얼마나 될까?'라는 생각을 하니 어이가 없었다.

　하지만 꿈에 대해 어이없어하다 보니, 대체 꿈은 뭘까? 하는 궁금증이 생겼다.

　솔직히 말하자면 나는 짧은 14년 인생을 살면서, 꿈은 그냥 직업, '돈을 벌기 위한 수단'이라고 생각했다. 하지만 한 번 꿈에 대해 궁금증을 가지다 보니, 여러 질문이 꼬리에 꼬리를 물고 늘어졌다.

　꿈이란 무엇일까? 꿈은 그냥 직업일까? 나는 꿈을 이룰 수 있을까? 꿈은 한정적인 것인가? 꿈을 하나로 정의할 수 있을까?

이 질문들에 대답할 수 있는 사람은 전 세계 어디를 뒤져도 없을 것이다. 만약 답이 있다고 해도, 답은 사람마다 제각각 다를 것이라고 생각한다. 왜냐하면 꿈이란 그런 것이기 때문이다. 대답할 수 없을 만큼 무한하고 신비로우며, 하나로 정의할 수 없는 것이다. 그래서 나는 꿈에 대해 정의하지 않기로 했다. 정의할 수 없는 게 꿈인데, 어떻게 꿈에 대한 글을 쓸 수 있겠는가?

꿈이란 이루거나 이룰 수 없는 것일 뿐, 그 이상 그 이하도 아닌 것이다.

나는 오늘과 내일 그리고 머나먼 미래에도, 크고 작은 꿈들을 이루거나 이루지 못하며 살고 있을 것이다. 그러니 그냥 귀찮게 꿈에 대해 정의하느라 오늘을 힘쓰며 괴로워할 바에야, 나는 이 소중한 시간 동안 작고 사소한 또는 크고 거대한 꿈들을 꽃피우며, 또 이루며 살아갈 것이라고 다짐했다.

내 꿈

홍준서

★ ★ ★ ★ ★ ★

   초등학교 고학년쯤 되면, 나의 꿈(직업)을 많이 생각해 본다. 중학교 정도 되면, 자신의 분야를 거의 확정 짓는다. 나는 택시 기사라는 분야를 생각했다. 왜냐하면 운전하는 게 재미있어 보이고, 내 택시를 탄 손님들과 이야기를 하면서 가는 것도 재미있어 보이기 때문이다.

   운전하는 게 재미있어 보이면, 버스 기사나, 대리 운전사 등등 다른 분야도 많은데, 왜 하필 택시 기사냐고 생각할 수 있다. 그런데 내 꿈으로 택시 기사를 정한 이유가 또 있다. 그건 바로 베테랑 운전사가 되면 택시를 자차로 주기 때문이다. 다른 차들은 돈을 주고 사지만 택시는 베테랑 운전사가 되어야 주기 때문이다. 물론 비싼 돈을 주고 택시를 살 수도 있을 것이다.

   베테랑 택시 기사가 되는 과정은 힘들다. 많은 노력과 땀이 필요하다. 밤이 되면 술 먹은 진상들이 난리를 피우고, 심한 경우 택시 기사를 폭행하거나 대소변이나 토를 해 놓기도 한다니, 머리가 아플 것 같다. 하지만 그 모든 일을 견디고 개인택시를 받으면 기분이 좋을 것 같다.

택시 기사가 멋져 보이기도 한다. 정리하면, 나는 개인택시를 가지고 싶다. 그래서 내 꿈은 택시 기사다.

반짝반짝한
너의 꿈을
응원할게!

1-6

이○윤

그림 / 이채윤

생각에 잠긴 등굣길

박가현

나에게 등굣길이란 고민과 같은 길, 항상 등교할 때면 생각에 잠기곤 한다. 그중에서도 진로는 더더욱 고민이다. 이렇게 공부를 못하고 항상 틀리고, 잔소리만 듣는 내가, 원하는 고등학교와 대학교에 갈 수 있을까?

나의 꿈은 엔씨소프트라는 곳에 들어가서 그래픽 디자인을 하는 것이다. 이유? 원래는 몰랐다. 하지만 지금은 알 것 같다. 항상 무기력해지고 모든 걸 다 놓아 버릴까 하고 생각할 때면, 나의 꿈을 이뤘을 때의 성취감, 그 기쁨과 가족들과 함께 좋아하는 것을 하는 행복을 떠올리며 '그래, 다시 해야지' 하고 다짐한다. 내 꿈이 그냥 평범하게 그림을 그리며 그래픽 디자인을 하는 것이 아닌, 엔씨소프트 라는 곳에 들어가겠다는 이유가 이것 아닐까?

항상 공부를 열심히 해야겠다고 생각은 한다. 하지만 노는 애들을 보면 나도 모르게 공부를 놓아 버릴 때가 많다. 나도 공부는 하기 싫으니까, 때로는 공부도 안 하고 숙제도 안 하고 어린애처럼 놀 때가 많다. 그래도 공부는 다른 사람을 위해서가 아니니까, 나를 위해서 하는 거니까… 하며 다시 바로잡는다. 이런 생각을 하다 보면, 벌써 우리 반 앞에 들어서 있다.

"오늘도 열심히 해보자!"

나의 꿈을 찾으러
매일 새로운 곳으로!

정민서

★ ★ ★ ★ ★ ★ ★

오늘도 날마다 새로운 곳, 학교에 가는 날이다.

자면서 나는 꿈을 꾸었다. 나의 꿈은 사람들을 지켜주는 군인이다. 군인이 되어 사람들을 지켜주는 꿈을 꾸다 아침 일찍 눈이 떠졌고, 목이 말라 부엌으로 갔다. 부엌에서는 엄마가 내가 좋아하는 김치 콩나물국을 끓이고 계셨다. 동생을 흔들어 깨우다 한두 대 정도 베개로 맞고, 겨우 깨워 아침을 먹는다. 아침을 먹으며 가족들에게 꿈 이야기를 했다. 나는 TV를 보다가 멋진 군인을 보고 반해서 군인이라는 그런 꿈이 생겼다고 했다. 아빠는 군인은 멋진 꿈이라고 하셨다.

엄마에게 떠들지 말고 얼른 먹으라는 꾸중을 듣고, 얼른 얼른 준비했다. 또다시 매일 똑같은 반딧불이 색깔의 체육복을 입고는 시계를 봤는데, 7시 58분이었다. 오늘은 앞머리도 예쁘고, 모든 것이 다 맘에 들었다. 그러고는 생각했다. '아, 오늘은 뭔가 되는 날이구나!' 하고는 기분이 좋아져서 8시 10분, 좀 일찍 나왔다. 5분이나 말이다. 그런데 친구가 없었고 또다시 반딧불이, 블루베리, 딸기 색깔의 체육복을 봤다. 3분 뒤, 친구를 만나고 꿈에 관한 이야기를 나눴다. 친구는 꿈이 메이크업 아티스트였고, 나는 군인이라며 서로의 꿈을 이야기하며 왔다.

오늘은 진로가 들어왔었는데, 마침 꿈 이야기를 했다. 직업이 있고, MBTI를 알아보고 그에 맞는 직업 추천을 보고, 활동을 시작했다. 군인은 모두 두 군데 있었다. 나의 MBTI는 ESFJ, 군인은 개뿔, 교사나 경호원 같은 것만 있었다. 하지만 나는 그 꿈을 포기하지 않고 더 열심히 군인이라는 꿈을 위해 노력하기로 했다. 근데 막상 나의 모습을 생각하니 우리 반, 우리 학교에는 재능이 많은 사람은 많은데, 나 혼자만 재능이 없는, 무인도에 혼자 동떨어진 느낌이 드는 건 왜일까? 다른 애들은 다 잘하는데… .나도 더 잘하고 싶고, 그렇게 된다면 나도 더 잘 할 수 있는데…라는 생각이 들었다.

그런 생각으로 수업을 듣고 있는데, 시간이 어찌나 빠른지 수업이 다 끝나버렸고, 오늘은 청소가 없는 날이라 그냥 집으로 왔다. 그러고는 직업, 꿈에 관한 책 한 권을 집어

들었다. 그 책에는 '너무 성급하게 생각하지 말라. 시간은 나의 꿈을 이루는 발판이 되어줄 것이다.'라고 씌어있었다. 그 글을 읽고 나니 마음이 안정되었다.

나의 꿈, 군인은 절대 바뀌지 않을 것이다. 나는 새로운 곳으로 떠나 꼭 군인의 꿈을 이룰 것이다. 그리고 나의 꿈을 위해 잘 나아가고 있다고 나 자신에게 말해주고 싶다.

비와 등굣길 그리고 탓

안윤하

시끄러운 알람 소리에 눈을 떴다. 어제 잠을 못 자서, 눅눅하고 서늘한 냉기가 싫다고 탓하며 눈을 다시 감았다.

아빠가 뒤늦게 말을 걸었다.

"학교 안 늦었느냐?"

아빠가 사놓은 토스트 하나 물고 가방과 기타를 챙겨 서둘러 집을 나섰다.

난 비가 죽죽 내리는 이 거리가 싫지 않았다. 그저 더웠는데 잘 되었다고 생각했다. 지금 그걸 좋고 싫고 평가할 때가 아니었다. 시간이 나를 미워하는지 야속하게도 빨리 갔다. 늦을 것 같은 불안한 마음에 천천히 뛰기 시작했다.

원래 무릎이 안 좋았는데 오늘은 더 아프다. 우산은 사치라고 고이 접어두고 비를 맞으며 뛰었다. 그렇게 뛴 탓에 지각은 면했다. 축축하게 젖은 발이 마냥 시원했는데 이젠 차갑고 시리게만 느껴졌다. 그래서 조금 서러웠다.

창문 밖을 보니 비는 아직도 눈물을 흘리고 있었다. 그래서 비를 탓했다. 생각해 보면 아침에 뛰어야 했던 건, 별걸 다 탓하며 늦게 일어난 내가 문제였다. 알면서도 비를 탓하는 나를 봤다. 지금까지 내가 탓해온 것들이 얼마나 많은가. 너무나도 많다. 앞으로의 나는 변해야만 한다. 책임을 질 줄 아는 사람이 되어야 한다고 생각했다.

비는 언젠가 그치고 맑은 날이 오겠지. 마냥 억울해 흐르던 눈물도 많은 날처럼 그치겠지. 나도 변할 것이다. 탓만 하며 시간을 허비하고 타인에게 상처 주던 나의 등굣길을 변화시킬 것이다.

아직 조금 어리숙한 중학생의 등굣길이었다.

도서관으로 가는 길

안윤하

초등학생 때의 나는 그리 거창한 꿈 따위는 없었다. 그렇지만 내 주변 아이들은 모두 어렸을 적부터 대통령, 의사 등 뭔가 하고 싶은 건 다들 있었던 것 같다.

나는 친구들과 유독 잘 지내지 못했다. 그래서 친구들과 잦은 다툼이 나를 바다 깊은 곳에 욱여넣어 자존감도 뭣도 바닥을 치게 만들었다. 뭘 해도 안 될 사람 같았다. 그 상황에서 벗어날 노력도 하지 않았다.

어느 날 학교 복도를 걷다가 포스터를 봤다. 포스터의 내용은 도서부원을 구한다는 내용이었다. 사실 책을 그리 좋아하진 않았다. 그저 친구들로부터 벗어나고 싶어서 지원했다. 도서부원 지원자는 별로 없었다. 그래서 쉽게 도서부에 합격할 수 있었다.

다음 날 도서부원으로서의 첫 도서관 등교를 했다. 내가 앞으로 오랜 기간 일할 곳이라 그랬는지 작아 보이기만 했던 학교 도서관도 자세히 보니 꽤 크고 있을 책은 다 있었다. 그중에 아무 책이나 하나 집어 들었다. 천천히 읽다 보니 내가 마치 주인공이 된 듯 몰입하고 있었다. 그때 나는 느꼈다. 이 책을 읽으며 내가 꿈을 꾸고 있었다는 걸.

그렇게 나는 내 시간대가 아니더라도 도서관으로 등교를 했다. 책은 내 안의 무의식과 자의식의 틀을 깨부수기에 좋은 요소였다. 부정적인 생각으로 가득 차 있던 마음이 책을 읽으면서, 나도 저 책의 주인공처럼, 저자처럼 될 수 있다는 긍정적인 마음으로 바뀌었다. 학교 갈 때는 반이 아닌 도서관을 먼저 들렀고, 또 학교가 끝나면 도서관으로 하교했다. 그 과정에서 좋은 친구들과 후배를 만나게 되었다. 그렇게 이전 친구들과의 접점이 사라지며 자연스레 관계를 접을 수 있었다.

나는 이제 꿈을 꾼다. 도서관에서, 친구들과의 우정에서 새로운 꿈을 찾는다. 한때 도서관으로 가던 길은 도망의 길, 도피처였을지도 모르지만, 현재의 나에게는 꿈을 찾아가게 해준 애틋한 길이다. 더 이상 가라앉기만 하던 나는 없다. 오늘도 내일도 앞으로도 꿈을 찾아가는 내가 될 것이다.

꿈은 행복이다

양준호

★ ★ ★ ★ ★ ★

　모든 사람은 꿈이 있다. 그중 행복한 꿈이 있고, 원하는 직업을 얻기 위한 꿈이 있고, 노력해서 무언가를 이뤄낸 꿈 등이 많다.

　나는 직업에 대한 꿈은 확실히 정하지 못했지만, 행복하게 살 수 있는 것을 찾는 것이 내 꿈이다. 하지만 행복하게 살려면 노력해야 한다. 하고 싶은 일(직업)에 관해 공부해야 하고, 그 일을 경험해봐야 한다. 그래야 알 수 있다. 내가 만약 하고 싶은 일에 대해 공부하고 실천해봤는데 성과가 나오지 않았다면 노력을 덜 하고 시간을 의미 없게 보낸 것이다. 조금씩이라도 성과가 나오게 하려면 노력해야 한다. 지금 이 시간을 가볍게 쓰지 말고 의미 있게 보내야 한다.

　시간을 의미 없게 보내는 사람은 원하는 꿈을 꿀 수 없고, 시간을 의미 있게 보내는 사람은 꿈을 이룰 수 있게 될 것이다. 지금 편하게 살면 미래에 힘들게 살 것이고, 지금 힘들더라도 노력하면 미래에는 편하게 살 것이다. 쉽게 표현하자면, 지금부터 20세까지 편하게 살고, 죽을 때까지 힘들게 살지, 지금부터 20세까지 조금 힘들게 살고 죽을 때까지 편하게 살지, 그것을 생각하라는 것이다. 그러면 어떤 것이 더 효율적인지 알 수 있을 것이다.

공부를 잘해야만 행복하게 살 수 있는 건 아니다. 여러 가지 방법으로 나의 꿈을 키워나가야 그게 진정한 꿈이다. 하기 싫은 걸 억지로 하면 꿈을 이룰 수가 없다. 열심히 노력한 만큼 나에게 행복이 올 것이다. 꿈은 행복이다.

지금 이 순간, 골든타임!
꿈을 중요하게 여기는 시기

박서연

* * * * * *

나의 꿈은 깨달음과 꿈을 주는 작가이다.

나는 14살 중학생이다. 매일 같은 길을 걸어서 학교로 가지만 별생각 없이 간다. 중학생이라는 중요한 시기에 나는 별생각 없이 가지만, 꿈에 대해 깊게 생각할 필요가 있다고 생각한다.

사람들에게 '당신은 꿈이 무엇인가요?' 하고 묻는다면, 바로 '제 꿈은 ~~이고, 그 이유는 ~~이에요.'라고, 구체적으로 대답하는 사람은 많지 않을 것이다.

지금이라도 진지하고 깊이 생각해야 한다. 자신의 꿈을 위해 어떤 노력을 해야 하고, 어떻게 목적지에 도달할 것인지 생각해야 한다.

나는 어떤 면에서 열정적이며, 흥미를 느끼고 있는 것은 무엇일까? 이렇게 길게 늘여진 생각들이 나의 취미와 같다. 나는 꿈에 대해서 관심도 많고, 이런 생각들은 싫증이

나지 않기 때문이다. 그래서 꿈에 관련된 책을 찾아보기도 한다. 시간을 낭비하지 말고, 글쓰기나 그림, 노래나 배드민턴 등 일주일 정도 해봐서, '어, 이건 나에게 적성에 잘 맞고 흥미가 있는 것 같아!'라고 느끼면 이미 반은 성공한 것이 아닐까?

하지만 그것에 대해 흥미만 느껴서는 안 되고 나를 위해서, 또한 다른 사람들을 위해서라도 희망을 주고 도움을 주는지 생각해봐야 한다.

그 꿈을 이루기 위해서는 무엇이 필요할까?

나는 행복, 적성, 노력이 있어야 한다고 느낀다. 그것은 '내가 이 활동을 했을 때 행복한지?' '적성에 맞는지?' '꿈을 위해 최선을 다하며 노력할 수 있는지?'를 말한다.

여러분은 꿈에 대해 그것이 얼마나 소중하고 중요한지 깨달았는가?

재능 찾기

김가현

★ ★ ★ ★ ★ ★

중학생이 되면 점점 고등학교 진학과 추후 직업에 대해 고민하기 시작한다. 그러기 위해서는 우리가 잘하는 게 무엇인지 또 하고 싶은 게 무엇인지에 대해 알아야 한다. 하지만 우리는 잘하는 것에 대해 고민하고 하고 싶은 것에 대해 고민한다. 즉 꿈에 대해 고민을 한다. 나 또한 중학교의 마지막인 3학년이지만 내 꿈이 무엇인지에 대해 감도 안 잡히고 마냥 막막하기만 했다. 그냥 내가 하고 싶은 게 무엇인지조차도 모를 정도였다. 그런데 어느 날 여느 때와 똑같이 핸드폰을 하고 있을 때 문구 하나를 발견하게 됐다. 그 문구의 내용은 이러했다.

"모든 사람은 재능을 하나씩은 가지고 태어난다. 그러나 이 재능을 살면서 못 찾을 뿐이다."

처음에는 이 문구를 보고 '이게 무슨 말이지?'라고 생각을 했었다. 왜냐하면 그때의 나는 재능은 태어날 때부터 가지고 태어나는 것이고 모든 사람이 그 특별한 것을 가질 수는 없다고 생각했기 때문이다. 그런데 요즘에는 생각이 바뀌기 시작했다. 생각해보면 재능을 찾는 것은 어쩌면 로 또 당첨되는 것보다 더욱 어려운 것일지 모르기 때문이다.

우리가 흔히 알고 있는 뛰어난 재주를 가진 사람, 즉 영 재라고 불리는 사람들은 우리가 부러워하는 존재지만 우리도 충분히 영재가 될 수 있다고 요즘 나는 생각한다. 우리가 아직 재능을 못 찾았을 뿐 우리에게는 분명히 재능이 있기 때문이다.

그렇다면 어떤 근거로 그렇게 생각했고 재능을 어떻게 찾는지에 대해 궁금할 것이다. 먼저 그렇게 생각한 이유는 사람이라면 누구나 잘하는 것이 하나쯤은 있기 때문이다. 지금 한번 생각해보면 당신은 악기를 잘할 수도 있고 공부를 잘할 수도 있고 운동을 잘할 수도 있다. 이뿐만 아니라 사소한 것들, 즉 물건 고치기, 화장하기, 달리기, 사람을 웃기는 것 등 당신은 꽤 많은 재능을 가지고 있다는 것을 알 수 있다. 이처럼 이러한 것들이 당신의 재능이 될 수 있고 이러한 것들로 꿈을 키워나갈 수 있다. 만약 생각해봤는데 그래도 나의 재능을 모르겠더라도 상실하면 안 된다. 그 이유는 지금부터라도 재능을 찾으면 되기 때문이다.

지금은 너무 늦은 것 같다고 생각할 수 있겠지만 전혀 늦지 않았다. 아까 말했던 재능 찾는 방법을 지금부터 말하자면, 먼저 가만히 앉아서 고민만 하고 있으면 안 된다. 그렇다고 고민을 하지 말라는 것 또한 아니다. 가만히 앉아서 고민만 하면 문제는 전혀 해결할 수 없다. 문제를 해결하기 원한다면 그 문제에 대해 부딪히고 느껴야 한다. 무슨 말이냐면 멍하니 고민해서는 절대 재능을 찾을 수 없다는 것이다. 또한 멍하니 고민만 하면 자신만 힘들어지게 된다. 왜냐하면 고민해도 재능은 못 찾고 오히려 부정적인 생각만 들고 지금 하고 있는 이 고민을 다음에 똑같이 똑같은 레퍼토리로 또 할 것이기 때문이다.

그러면 우리는 어떻게 재능을 찾아야 할까? 바로 직접적으로 체험해 보는 것이다. 여러 부분에 도전해 보고 그런 것이 힘들다면 차근차근 사소한 것들부터 해보면 된다. 예를 들면 책 읽기, 일기 쓰기, 그림 그리기, 홈트레이닝 하기 등등 여러 가지가 있다. 이런 사소한 것들이 재능을 찾는 데 도움이 되는지에 대해 의문이 들겠지만, 책 읽기를 통해 내가 차분하고 집중력이 있는지에 대해 알 수 있고, 일기 쓰기를 통해 내가 글쓰기에 일가견이 있는지 알 수 있고, 홈트레이닝을 통해 내가 운동을 좋아하고 즐기는지에 대해 알 수 있는 것처럼 재능을 찾을 수 있도록 해주는 발판을 만드는 과정 중 하나이다.

　이처럼 당신이 만약 하고 싶은 것, 잘하는 것이 무엇인지 아직 모르겠다면 늦지 않았으니 한번 시도해 보고 고민 걱정은 그만하길 바란다. 충분히 당신도 영재가 될 수 있다. 또한 나는 그렇게 될 것이라고 믿는다.

모범생

김나경

　사람들은 나에게 바르게 자란 아이라며 모범생이라고 자주 말하곤 한다. 나는 이 칭찬이 때로 부담스럽고 갑갑하게 느껴졌다. 공부 잘하고 예의 바른 아이라는 칭찬의 의미였을지도 모른다. 이 모범생 이미지로 많은 사람이 나를 좋은 인상으로 기억해 주고 좋은 평가를 해주기도 했다. 이런 모범생 이미지가 굳어져 갈수록 나 자신도 점점 그 기준에 맞춰져야만 할 것 같은 부담감이 커졌고, 그것은 진짜 '나'로 사는 게 아니라 사람들이 원하는 그들의 '나'로 만들어지는 것 같았다. 하지만 때로는 그 틀에서 벗어난 나로 사는 것이 두렵게 느껴질 때도 있었다.

　세상에는 나보다 잘난 사람이 너무 많다는 것을 깨달아 갈 때 즈음, 내 인생에서 처음으로 좌절을 겪었다.

　나의 첫 실패는 초등학교 4학년, 영재교육원 시험에서 떨어졌을 때다. 담임선생님의 추천으로 설렘 반 두려움 반으로 도전하게 되었다. 나는 서점에서 영재교육원 시험 대비 문제

집 두 권을 사서 혼자서 공부했다. 드디어 시험 당일, 시험을 보기 위해 떨리는 마음으로 시험장에 들어서는데 유치원 때 아주 친했던 친구를 만났다. 오랜만에 만난 친구에게 반갑게 인사를 하고 꼭 합격해서 영재원에서 다시 만나자고 했다. 친구와 헤어진 후 시험을 치렀는데 시간 배분을 잘못해서 문제를 다 풀지도 못하고, 이어진 면접까지 망쳐 크게 낙심했다. 결과는 당연히 불합격이었다. 나중에 안 사실인데 그 유치원 친구는 시험에 합격했다고 했다. 지금 생각해보면 초등학교 영재원 불합격이 그리 큰일도 아닌데 모범생이라는 나의 이미지에 금이 가는 것 같아 자괴감마저 들었다.

그때 사람들의 눈에도 그런 모습이 보였는지, 일기장에 영재원 불합격에 대한 속상한 마음을 썼는데 담임선생님이 "나경이는 가끔 실패를 두려워하는 것 같아."라고 하셨던 말씀이 아직도 기억난다. 사람들이 날 위해 했던 칭찬과 기대의 말들이 오히려 나를 실패를 두려워하게 만들었던 셈이다. 어리석게도 실패할 바에는 시작하지도 말자는 생각에 그 후로 한동안 새로운 일에 도전하는 일들이 겁이 났다. 지금 생각해보면 어떤 일을 하기 시작하면 무엇이든 완벽하게 해내야 한다는 강박도 한몫했던 것 같다.

내가 스스로 나를 모범생이라는 타이틀에 가두면 가둘

수록 점점 더 답답한 느낌이 들었고, 그래서 나의 이미지를 신경 쓰지 않고 이것저것 도전해보려 했다. 그 이후로도 크고 작은 실패는 계속 있었지만 틀을 벗어나려 하고 나니 실패는 별로 나에게 장애물이 되지 않았다.

이제는 안다, 내 나이 열다섯 살. 앞으로 살아가다 보면 성공하는 일들만 있을 수 없다는 것을. 실패 없이 얻어지는 성공은 없다는 것을. 중요한 건, 실패에 대한 두려움으로 시도조차 하지 않는 게 정말 바보 같은 일이라는 걸 이제는 잘 안다. 그래서 이제는 정말 틀에서 벗어나 나의 방식대로, 진짜 나로 살기로 했다.

내가 가장 좋아하는 책 ≪데미안≫에서 데미안은 주인공 싱클레어에게 '새는 알에서 나오려고 투쟁한다'라는 메시지를 전했다. 주인공 싱클레어의 삶은 마치 내가 지금까지 살아온 인생과 매우 비슷하다고 느껴졌고, 읽으면 읽을수록 내가 했던 생각들과 겹치는 부분들이 많았다. 그래서 데미안이 주인공에게 한 그 말이 꼭 나에게 하는 말처럼 들렸다.

"새는 알에서 나오려고 투쟁한다."

이젠 내가 그 말을 실천할 때인 것 같다. 아직 많이 멀지만, 나를 찾아가는 과정을 위해서 기꺼이 행복한 투쟁을 해볼 가치가 있지 않을까?

한서영 / 단호박

이아진 / 나에게 존재

이경재 / 1946

주은별 / 구원

김태희 / 나의 미성숙했던 감정들

임수진 / 전환점

구민서 / 인연

김나현 / 검은 정장

III
소설

단호박

한서영

단호박은 잘 썰리지 않는다. 너무나도 완고해서 뚫리지 않는다. 그럴 때는 뜨신 물에 몇 분간 삶는다면 나아진다고 우리 할머니께서는 항상 말씀하셨다. 물론 찌는 것일지도 모르겠지만 그런 건 상관없다. 어찌 되었든 물렁해지기만 하면 되는 것이니까.

그렇게 기다리다가 어느 정도 물렁해졌다 싶으면 조심스럽게 단호박을 집게로 꺼내어준다. 김이 모락모락 피어오르는 게 역겨워 보인다 싶을 때 그릇 위에 올려놓는다. 그 후에는 잠깐의 한탄하는 시간을 가진다. 내가 왜 이 짓거리를 하고 있는 거람! 바닥에 있는 애꿎은 비닐봉지를 걷어찰 수도 있다. 그 비닐봉지에는 단호박이 들어있었지만, 이제는 없다. 내가 꺼냈으니 당연한 이야기다. 비닐봉지에 있기 전에는 분명 시장 바닥에 있었을 단호박.

그 단호박은 이제 손쉽게 갈라진다. 중식도로 크게 내리찍으니, 속수무책일 수밖에 없다. 노란 단면이 언뜻 보인 것 같을 때 가장 중요한 것을 해야 한다. 단호박의 속을 파 개수대에 버리는 일이다.

그런데, 이 일을 하기 전 방해꾼이 하나 있다. 처리를 하고 오지 않으면 단호박에 악영향을 끼칠 것이다. 단호박을 썬 중식도를 들고 날파리를 찾아 나서야겠다. 1초에 300번은 날개를 휘적일 것 같은 날파리, 그런 날파리는 더러우니까 처리해주어야 한다. 단호박은 선물할 곳이 많으므로 날파리는 치명적이다.

K씨

K씨는 무엇이든지 대답해준다. 정말로 무엇을 물어보든지 대답해주는 사람이라서, 나는 궁금한 것이 있을 때나 없을 때나 K씨에게 찾아갔다. K씨는 길거리에서 사는 사람이라 있는 곳이 항상 똑같다. 그 탓에 K씨는 외모를 정돈할 시간이 없다. 수염을 마치 신선처럼 늘어뜨려서 잘 모르는 사람이 보면 여기가 무릉도원인지 물어보고 싶어질 정도였다. 그런 생김새와는 정반대로 옷은 번듯하게 벨벳 원단을 사용한 파란색 정장을 입고 있어 더욱 눈에 띈다.

전봇대의 모퉁이를 지나서 골목을 통과한 후 푸른색 집

을 지나서, 육교 아래로 향하면 K씨가 보인다. 내가 K씨를 찾아간 것은 과거일 수도 있다. 물론 현재일 수도 있다. 미래일 수도 있다. 그렇기에 시제가 의미가 없다.

하루는 이렇게 물었다. "K씨는 단호박을 아시나요?" 그러면 K씨는 이렇게 대답한다. "당신이 좋아하는 것입니다." 그러면 나는 또 이렇게 답할 것이다. "하하, 이번에도 틀리셨네요. 그렇다면 단호박은 언제 심어야 하나요?" 그러면 K씨는 어색한 기색이 하나도 없이 입꼬리가 귀에 걸리도록 웃으며 말한다. "12월 달에 심어야 합니다. 그날은 추울 테니, 옷을 껴입어야겠어요. 미리 양말을 달아두어도 좋겠죠."라고 대답했다.

역시나 틀렸지만, 이번 대답을 듣고 나니 문득 궁금해진다. "K씨는 단호박 조리 방법을 아시나요?" 그렇게 대답하자 나를 뚫어져라 보고는 하는 말이 "너는 단호박을 먹지 않아요." 이것뿐이다. 역시나, K씨는 항상 재밌으신 분이라니까. 기분이 좋아져서 K씨에게 추후 단호박을 선물해줄 테니 기대하라고 말했다. K씨는 어깨를 으쓱거리며 고개를 숙여 인사했다. 그 무슨 반응도 보이지 않은 채로 아예 나에게서 등을 돌린다. 이때는 무슨 말을 해도 소용이 없으므로 집에 돌아가는 것이 좋을 것 같다.

무엇이든지 대답해준다더니, 이런 것이나 저런 것에는 대답을 안 해주는 야박한 사람이다. 하지만, 그럼에도 내 마음에 드는 사람이니 내일도 찾아가야겠다. K씨에게 단호박을 선물해주었을 때의 대답이 기대된다. 그때는 분명 제대로 된 답을 받아낼 수 있겠지.

집에 가면서 생각을 하니, K씨에게는 날파리가 든 단호박이 가지 않을 것 같다는 기분이 들었다.

S씨

S씨는 눈썰미가 정말 좋다. 눈썰미가 얼마나 좋은지 사람들은 하나도 못 보는 작은 벌레나 혹은 이물질들을 금세 발견해낸다. 그런 것들을 워낙 잘 발견해서인지 성격까지도 꼼꼼하다. 결벽증이 있는 게 아닌지 의심할 정도로 깔끔해서, 사람을 만나기 전에는 항상 문을 박박 닦아둔다. 이상하게도, 집 안은 닦지를 않고 문만 닦는다. 하지만 그런 장점도 있는 사람인데 인기는 없다. 그 이유는, 눈치가 없어도 너무 없다. 흔히들 말하는 눈치코치가 필요한 사람이 S씨다. 하지만 '눈치는 없어도 사는 데는 지장이 없겠지.' 그렇게 생각하며 S씨의 집으로 향했다.

S씨의 집은 무척이나 높아서 그 옆에 다른 건물들이 많더라도 알아볼 수 있다. 저기 안테나에, 색은 또 눈에 잘 띄는 붉은색이라서 비가 오는 날에도 눈이 오는 날에도 알아볼 수 있다. 그런 S씨의 집에 가는 길에 오늘은 바퀴벌레를 만났다. 문득 멈춰 서서 그 벌레를 바라본다. 나보다 100배는 더 짧은 다리로 나와는 반대 방향으로 향하고 있다. 이러면 안 되잖아! 괜히 마음에 안 들어서 발로 몇 번 짓밟아주었다. 이제서야 정신을 차린 모양인지, 나와 함께 S씨 방향으로 향하는 중이다. 역시, S씨는 이상하시다니까.

똑똑, 그새 문가에 도착했다. ― 가는 동안 만났던 이들에 대한 이야기는 그리 중요치 않으므로 삭제하겠다. 추후 나올 일도 없으니, 독자는 걱정하지 않아도 괜찮다 ― 똑똑, S씨는 항상 노크를 두 번 해주어야 한다. 그리고 옆에 있는 바퀴벌레는 아래 작은 문으로 보낸다. 우편을 보내는 목적일 테지만, 지금은 모두들 이렇게만 쓸 것이다.

그렇게 몇 분을 기다렸을까, S씨가 문을 열었다. 바퀴벌레는 온데간데없는 채로 인상이 흐리멍덩한 S씨만이 있다. 자다 나온 것인지 잠옷 차림이다. 저기에는 가배가 들어있는데, 이는 흔히 말하는 커피가 아니라 S씨 본인이 만든 음료다. 전에 한잔 마셔봤는데, 속이 느끼해져서 모조리 토해

냈다. 그런 S씨는 나를 바라보며 무슨 일이냐는 듯 고개만 까딱일 뿐이다. "S씨, 단호박 좋아하세요?" 그러자 S씨는 흐리멍덩한 인상에 은은한 미소를 띄웠다. "당연히 좋아할 수밖에 없지." 좋은 소식이었다. 그래서 나도 기쁘게 말했다. "단호박을 오늘 수확했는데, 하나 드릴까요?" 눈치 없는 S씨는 그 흐리멍덩한 인상을 굳혔다. "단호박을 왜 수확한 거야?" "당연히 심었으니까요." S씨는 정말 눈치도 없고 아무것도 없다. S씨가 무어라 말하려 했지만 끊어버리고 내가 말했다. "S씨에게도 단호박을 선물해 드릴 테니, 내일 저녁은 드시지 않아도 될 것 같은걸요." 그렇게 말하고 뒤돌아서 집으로 갔다. 왔던 길을 다시 돌아가야지, 그러다 문득 S씨에게는 날파리가 든 호박이 갈지도 모르겠다는 생각이 들었다.

G씨

G씨는 단호박을 싫어하는 사람이다. 지난번에 단호박을 가지고 G씨를 찾아다녔더니 G씨가 나를 보자마자 단호박을 가지고 도망쳐버렸다. 그 후 단호박은 우리 집에서 발견이 되었다. G씨에게도 단호박을 선물해주겠다는 생각 하

나로 이곳까지 왔다. 그래도 일단 의사는 물어보는 것이 예의일 테니까.

G씨는 우물 아래에서 산다. 나는 우물 아래로 내려갈 수 없으니 G씨를 크게 부른다. 그러면 곧장 여기를 바라본다. G씨는 정말 큰 입을 가졌다. 입이 어찌나 크던지, 과장을 조금 보태서 얼굴의 반이 입이라고 할 수 있을 것 같았다. 그 큰 입으로 G씨가 대답했다. "무슨 일이냐?" "G씨, 단호박 수확을 했는데 드시겠어요?" G씨는 당장 꺼지라며 길길이 소리쳤다. 단호박이 그리도 싫은 건가? 아쉬운 대로 G씨의 단호박은 그냥 우물 위에서 아래로 던져드리기로 마음먹었다. 그래도 드시기는 하셔야지. G씨의 단호박에도 날파리가 들어있을 것 같다는 생각이 들었다. 하지만 G씨에게는 많은 양을 주지 못할 듯하니 A씨에게 찾아가기로 했다.

A씨는 G씨의 배우자인데, 부드러운 성격의 소유자라 모두에게 인기가 많다. 그런 사람이 대체 왜 성격이 괴팍한 G씨와 결혼한 것인지 모두들 의문이라고 한다. 그런 의문을 마침내 A씨도 하게 된 것일까. A씨는 현재 G씨와 별거 중이다. 지금 이혼 준비 중이라고 하니, 다들 G씨는 안타깝지만 A씨에게는 잘 되었다며 축하하는 분위기다. A씨는

여기, 이 아파트 1층에서 혼자 살고 있다고 한다. 101호였지 분명… 도착해서 초인종을 누르려고 하는데, 101호에서 누군가가 나온다. 문은 닫지 않고. 저런, 날파리라도 기어들어 오면 어쩌려고? 101호로 향하니 A씨는 바닥에 엎어져 있다. "A씨, 단호박을 수확했는데 맛있어 보여요. 하나 드릴까요?" 반응이 없다. A씨를 뒤집어보니 시선이 어딘가 허공으로 향해 있었다.

많이 피곤하신 모양이다. 침대 위를 살펴보니 온갖 질척한 액체들과 약물이 한데 얽혀있어서 A씨를 올려놓기에는 부적절하다. 그런데 지금이 적절한지 부적절한지 따질 때인가? 그냥 그 위에 A씨를 올려두었다. 몸이 허하실 테니 단호박을 가져다드려야겠다는 생각이 들었다. A씨의 단호박에도 날파리가 있을 것 같았다.

날파리

날파리를 잡으려고 온갖 시도를 했으나 실패했다. 무슨 짓을 하든지 날파리는 단호박에 앉았다. 노란색의 단면이 붉게 물드는 것처럼 보일 정도로 열심히, 빠르게 잘랐다. 사실 그렇게 보이는 게 아니라 실제로 그렇다. 칼질이 서툴러 어쩔 수 없는 일이었다. 그래도 단호박이라는 것은 변함없으니 다들 좋아해 줄 것이다. 어제의 일은 그만 생각하고, 오늘의 일을 생각해야 하니까.

K씨에게는 단호박을 주었다. 먹을 기색은 없어 보였다. 하지만 내가 줄 때까지는 적어도 품에 소중히 안고 있었으니 괜찮다. 길에서 객사하지는 않겠구나, 싶을 뿐이다.

K씨에게 단호박을 준 후에 이번에는 S씨의 집으로 향했다. S씨의 집 앞 문고리에 단호박이 든 봉지를 올려두었다. 곧 저것은 S씨가 아닌 벌레들의 밥이 될 것이다. 하지만 괜찮다, S씨는 굶어 죽을 일은 없을 테니까.

G씨의 우물로 향하려 했으나 향하지 못하게 되었다. 우물이 넘쳐버려 단호박을 가져다주지는 못하게 되었다. 되는대로 대충 물 쪽을 향해 단호박을 던졌다. G씨는 못 받았을 테지만 적어도 익사하지는 않을 것 같았다.

마지막으로 A씨에게 찾아가 단호박을 드렸다. 간밤에 누군가 왔다가 간 것인지, A씨는 한층 더 힘들어 보였다. 그래도 긴장이 풀리셨는지 빳빳했던 몸이 다시 물렁거린다. 잘 흔들리고, 잘 꺾인다. 하지만 힘이 없어 보이셔서 입 안에 단호박을 넣어드렸다. 직접 드시기는 힘드실 테니까. 꼭꼭 씹어 삼키시라는 뜻에서 몇 번 턱도 닫아드렸다. A씨도 단호박을 싫어하시는 분이었나? 괜히 아깝게 되었다. 하지만 적어도 A씨가 홀로 고독사하지는 않을 것 같다는 생각이 들었다.

마지막, 이제 내 단호박이 남았다. 사실 만들고 한 입도 먹지 않아 불안하지만, 한입에 크게 베어 물었다. 붉은 단면이 달았다. 그리고 깨달았다. 완고한 사람은 맛이 없다. 단호박도 마찬가지인 듯하다. 사람이나 단호박이나 둘 다 비슷한 것 같다. 결국 단호박 하나도 채 못 먹고 너무 달아서 A씨 옆에다가 그대로 두고 집 밖으로 나왔다.

그런데 오늘이 무슨 날이더라? 7월 31일, 7월의 마지막 날 그 이상, 그 이하도 아니었다. 다들 특별한 날을 좋아하던데, 나는 여느 평범한 날에 평범한 사건들을 겪었다. 오늘이 특별한 날이 아니라서 얼마나 다행인지. 자, 그럼 모두들 메리 크리스마스라고 외치며 하루를 마무리하도록 하자. 해피 뉴이어!

나에게 '존재'

이아진

1. 비눗방울

나의 하루 중 가장 편안하고 솔직한 스케줄이 있다. 그것은 이어폰을 꽂고 공원에 가서 생각하는 것이다. 그래서 나는 다시 공원으로 생각 정리를 하러 갔다.

내 앞엔 어린 한 소녀와 한 학생이 보였다. 그 학생도 그 어린 소녀를 보며 싱긋 웃고 있었다. 근데 그 웃음 속에 무언가 비어있는 느낌이었다. 학생은 노트에 무언가를 적고 있었는데 뒤에서 잠깐 보니 어린 소녀를 보며 자신의 모습을 끄적인 모습이었다. 난 순간 궁금해져 은근슬쩍 옆으로 다가가 앉았다. 그러면서 말을 걸었다.

"행복해 보이죠?"

누가 보면 어린아이를 아는 사람 같은 멘트였다. 학생은 태연하게 얘기했다.

"나는요?"

나는 당황스러웠다. 물음표가 돌아올지는 몰랐기 때문이다. 나는 괜히 얼버무렸다.

"아…어, 음… 그러게요"

솔직하게 '뭔가 공허한 느낌이에요'라고는 할 수 없었으니까.

"저 되게 뭔가 공허한 것 같죠?"

그때 나는 내가 말로 꺼냈나 싶어 놀라기도 했지만 난 왜 스스로 그런 생각을 했을까가 먼저 떠올랐다.

"왜 그렇게 생각하는 거예요?"내가 물었다. 그러자 학생은 노트의 뒷부분을 펼치더니 "그러게요. 왜 그런 생각을 했을까요."

괜히 의미심장했지만, 이 대답이 이때 학생의 최고의 답이 아니었을까. 물음표가 아닌 마침표라는 것에 그런 생각이 들었다.

학생이 펼친 노트엔 일기를 쓴 것처럼 보였다. 그 일기 안엔 성적, 진로, 인간관계 등… 모든 사람이 사춘기 때 겪는 고민이 있었다. 그렇기에 그냥 넘길 수도 있는 부분이지만 난 그럴 수 없다. 그 학생이 나보단 수월하게 그 시기를 넘겼으면 하는 맘이기 때문이다.

그때 학생이 물었다.

"근데… 누구세요?"

학생이어도 순수한 그 눈빛을 보니 웃음이 싱긋 나왔다.

"아, 난 근처 대학교 다니는 학생이에요"

누가 보기엔 간단할 수도 있지만 난 이것이 최선이었다.
내가 물었다.

"학생은 누구예요?"

"전 14살 중1 이름은 아이예요."

아이는 정말 여려 보였다. 그때 저기 우리 앞에 있던 어린 소녀가 비눗방울을 꺼내 들었다. 그 소녀는 비눗방울을 혼자서 불고 좋다는 듯이 방긋 해맑게 웃었다. 내 옆에 있던 아이도 그 모습을 보곤 싱긋 웃었다. 나는 알았다. 이 웃음은 진짜 웃음이 아니란 걸. 다른 감정을 숨기기 위한 표정이란 걸 아는 나는 그 모습을 보고 아무 말, 아무 행동을 할 수 없었다. 난 그 모습을 보다 내 가방 안에 있던 메모지에 무언가를 적어 내놓았다.

'비눗방울 참 예쁘죠?'

아이는 한참을 보더니, 메모지에 무언가를 써 내려갔다.
꽤 길어서 은근 궁금해졌다.

'그러게요. 예뻐요, 저 소녀의 눈망울 같이. 그런데 저 맑고 투명한 비눗방울 꼭 우리 세상 사람들이 하나씩은 가지

고 있던 꿈 같지 않아요?'

난 이 글을 보고 생각에 잠겼다. 이것은 무엇을 뜻하는 걸까. 그리고 이 아이는 어떻게 이런 생각을 할 수 있는 것인가.

내가 생각에 빠졌을 때쯤, 아이는 집에 가야 한다며 자리에서 일어났다. 아직 6시가 채 안 되었지만 난 알기에 끄떡였다. 그렇게 아이는 다음에 보자는 말과 함께 멀어졌다.

난 내 앞에 있던 어린 소녀를 보며 생각했다. 저 소녀의 비눗방울은 아이에게 어떤 존재로 들어간 걸까. 아이의 사라져가는 뒷모습과 메모지 그리고 저 소녀를 돌아보며 메모지에 써 내려갔다.

'비눗방울은 모양도 크기도 다 달라. 그리고 맑고 투명하고 예뻐. 남 부러울 거 없을 만큼. 하지만 쉽게 터져 버려. 조금은 버틴다고 해도 나무에, 바닥에, 사람의 손에 의해 터져 버려. 우리의 비눗방울도 나무, 바닥 같은 배경, 사회에 의해 아니면 누군가에 의해 터져 버린 순수한 비눗방울이 있지 않을까?'

그리고 난 뒷면에 작게 썼다.

'지금 너의 〈꿈〉이라는 것은 비눗방울과 같지 않을까?'

난 그대로 집에 돌아와 책상 위 벽에 그 메모지를 붙였다.

그리고 중얼거렸다.

"다시 만나면 좋겠다."

2. 고무줄

다음날, 눈 뜨자마자 나갈 채비를 했다. 아이를 보고 싶어서, 그런데 언제 나오는지 몰라 일찍 가보는 것이다. 그렇다고 엄청 일찍은 아니다. 왜냐면 난 올해 휴학을 한 아주 한가한 대학생이기 때문이다. 뭐 휴학생이라고 다 한가한 건 아니지만 난 한가해지고 싶고 그러한 삶에 만족하고 있다. 그래서 도착하여 보니 a.m 12였다. 이참에 점심도 공원에서 간단히 샌드위치로 때우고 기다렸다. 난 분명 12시에 나왔지만 5시 다 되도록 아이의 그림자조차 보이지 않았다. 어젠 5시에 집으로 돌아갔기에 더욱 5라는 숫자가 왠지 나를 아쉽게 했다. 내심 오늘 만나면 하고 싶은 얘기도 생각해놓은 입장에선 안 아쉬울 수가 없다. 그래서 공원의 둘레길 5바퀴를 돌고 왔을 때도 없으면 돌아가기로 스스로 결정했다.

한 바퀴… 두 바퀴… 세 바퀴… 바퀴를 돌 때마다 나의 발걸음은 점점 더 느려졌다. 네 바퀴 돌았을 때, 뒤에서 누군가가 나를 두드렸다. 난 지치기도 하고 음악을 듣느라 알아채지 못했다. 그 사람은 더 세게 나를 건드렸다. 그제서야 돌아보니 내가 기다리는 그 사람이 있었다. 아이는 어제의 기억으로 학원 끝나자마자 왔는데 바로 내가 보여서 건드렸다고 했다. 우린 벤치에 앉아 서로의 오늘을 물었다.

"지금 학원 끝난 거예요?"

내가 물었다.

"네. 근데 대학생인데 어떻게 그렇게 오래 기다렸어요?"

아이가 물으니 느낌이 좀 이상했다. 처음으로 왜 그런지 생각해 본 사람처럼.

"휴학해서요. 음… 쉬고 싶어서랄까 ㅎㅎ."

그 대답을 듣곤 아이는 좋겠다고 했다. 좋기도 하지만 어쩔 땐 무료해지는 것도 당연해진다고 했더니 웃는다.

나는 어제 우리가 나눈 메모지를 건넸다. 아이는 그 메모를 보는 내내 아무 말이 없었다. 정적이 길어지자 난 한마디라도 더 하자는 심정으로 말을 건넸다.

"뒤에도 적었어요."

내 말에 뒷면을 보더니 피식 웃었다. 무슨 의미인지는 모르겠으나 그 웃음이 가벼운 웃음은 아닌 것 같았다. 아이는 한참을 보더니 내게 물었다.

"저 이거 가져가도 되죠?"

나는 당연히 된다고 했다. 난 아이에게 그 시기였던 나의 느낌을 되살려 조곤조곤 얘기를 했다.

"음… 지금 뭘 해야 할지 모르겠어요?"

이 말을 듣자마자 아이는 덤덤한 척하지만 놀란 티가 났다. 난 신발로 발장난을 치며 말을 이어갔다.

"괜찮아요. 다들 그러고 있고 너만 그런 생각 하는 거 아니니까 너무 걱정하지 마요. 무엇이 너를 그리 힘들게 하는지는 나는 모르겠다만 이미 너는 답을 알고 있을 것이고 너는 잘하고 있다고. 사람이 항상 옳은 선택, 최선의 언행을 하는 것은 아니라고 얘기해주고 싶어요."

아이의 눈엔 눈물이 조금 맺혀 있었고 유독 구름과 달이 잘 어우러져 있는 하늘을 뚫어지게 쳐다보고 있었다. 그 가늠할 수 없는 지금, 이 순간이 전부인 것 같은 아이의 표정을 보니 나도 마음이 편치 않았다.

나는 아이 손목에 차 있던 고무줄을 가리키며 물었다.

"이 끈, 많이 쓰나요?"

아이가 태연하게 답했다.

"네, 자주 써서 많이 늘어났어요. 바꿔야 할 때가 온 것 같아요."

난 아이의 모습과 하늘을 번갈아 응시하며 말했다.

"고무줄도 많이 쓰면 늘어나서 점점 기능을 잃어가잖아. 그러다 곧 끊어질 것인데 사람도 마찬가지 아닐까?"

아이는 갑작스러운 반말에 놀란 기척이었다. 하지만 이내 생각을 정리하고 말을 했다.

"쌤한테는 삶이 그런 존재인가요?"

'존재'란 정말 심오하고도 정확하게 표현되는, 누구인지, 무엇이 배경인지에 따라서도 다양하게 쓰이는 것 같다. 어느샌가 나를 쌤이라고 부르는 아이와 그의 고무줄이 나의 오감을 채워주고 있었다.

3. 쪽지

늦은 시간이 된 것도 모른 채 우리는 생각을 공유하다가 정신을 차리고는 내가 물었다.

"아이야, 늦었는데 집에 가야 하지 않아?"

아이가 놀라며 급하게 인사를 하고 자리를 뜨려고 했다. 나는 그 순간 무슨 생각인지, 늦었으니까 데려다주겠다고 했다. 다행히 아이는 좋다고 했다. 그 시각 저녁 6시 3분. 정말 편안한 느낌을 받고 있었다. 그러던 중 나는 중학생 시절에 들었던 나의 모든 시점, 가치관을 다시 생각하게 했던 이야기를 해줬다.

"내가 어렸을 때 들은 이야긴데 겉으로 볼 땐 인서울인 대학교면 다~ 좋아 보이잖아. 근데 예를 들어 보자. 어떤 한 사람은 서울에 유명한 명문대를 다녀. 그런데 그 학교엔 자신을 괴롭히는 사람들이 있어. 그럼 그 사람에겐 그 학교가 좋은 학교일까?"

초반에 당연히 좋은 학교라고 확신하던 눈빛이었던 아이는 없어지고 조금은 벙찐 표정이었다. 나는 말을 덧붙였다.

"나는 아무리 좋은 학교여도 자신에게 맞지 않으면 그건 좋은 학교가 아니라고 생각해."

아이는 생각에 잠긴 듯 잠시 아무 말도 없었다. 그러다 뭔가를 조금은 깨달은 듯이 의성어를 내뱉었다.

"아, 헐… 우아…"

뭔가 내가 처음 들은 그 모습을 보는 것 같아서 왠지 뿌듯했다. 이 말을 들었던 나의 중학교 시절 이미 사교육에 길들어져 목표도 없이 좋은 대학만 바라기가 심한 교실은 별 반응이 없었다.

내가 과거에 빠져있을 때 우리는 아이의 집에 도착했다.

"잘 가."

내가 인사를 하자, 아이는 주머니를 뒤지더니 어떤 쪽지를 건넸다.

"집 도착해서 열어봐요. 조심히 가요!"

긴장한 탓인지 존댓말이 나온 것 같다. 나는 웃으며 알겠다고 했다. 아이는 싱긋 웃으며 건물 안으로 들어갔다. 그래서 나도 손을 흔들며 내 집으로 돌아갔다.

집에 와서 열어보니 아이의 진솔한 이야기가 씌어 있었다.

'오늘도 혼자 공원에 있다. 누구는 혼자라는 단어에 외로움을 표할 수도 있지만 난 아니다. 외로움보단 위로가 더 내가 표현하고 싶은 것 같다. 항상 나보다 잘난 사람들과 살아가는데 아직 학교라는 작은 세상에서도 잘 못 버티는 나를 보고선 난 겁이 났다. 아직도 그 겁은 사라지지 않고 있다. 오히려 나를 더 덮칠 뿐. 내 앞에 있는 저 작은 소녀는 이런 고민을 내 나이가 돼서 할까? 나만 그런 생각을 하는 건 아닐까.'

난 그제서야 이 쪽지가 처음 만난 날 보여준 일기형식의 마지막 장이었다는 걸 알았다. '뒷장을 보시오!'라는 문구를 보고 뒤로 넘겼다.

'쌤이랑 많은 이야기를 하며 나의 가치관도 많이 바뀌고 조금씩 편안을 느낄 수 있는 틈이 생긴 것 같아요. 정말 고

마워요. 정말루!! 010-9999-1111 이거 내 번호예요. 연락 기다릴게요!'

난 웃음이 싱긋 나왔다. 나는 귀엽기도 하고 이걸 어떻게 보낼 생각을 했을까 하는 마음에 바로 전화를 걸었다. 안 받을까 봐 걱정됐지만, 이미 건 후였다. 아이는 조금 있다가 받았다.

"누구세요?"

"나야, 쌤."

"오, 쌤!! 쪽지 봤나 보네요. ㅎㅎ"

해맑은 아이의 말에 웃음이 피식피식 났다. 한동안 통화를 하던 우리의 이야기는 아이의 엄마로 끝이 났다.

"밥 먹으라고!!"

아이의 어머니는 버럭 짜증을 냈다.

"아… 알겠어요."

아이의 목소리에는 순식간에 감정 따위가 사라졌고 톤이 낮아졌다. 그래서 나는 나지막하게 말했다.

"고마워요."

아이는 조금은 아쉬운 듯 부드러운 목소리로 대답하고 전화를 끊었다.

"저도 고마워요."

4. 나에게 '존재'

나는 '뚜- 뚜- 뚜-'라는 소리와 함께 그 화면을 보며 속삭였다.

"네가 빨리 그 불안에서 벗어나는 것보다 더 단단하고 멋진 모습으로 벗어나 편안함을 누렸으면 좋겠어. 그 시간은 조금은 괴롭고 힘 빠질 거야. 그리고 시간도 많이 걸리겠지. 그래도 넌 할 수 있어."

마지막은 확실히 점을 찍었다. 확신하니까 확신하고 싶으니까.

오늘 밤은 조금이라도 가면을 벗은 자신을 마주하고 그 자신을 다독이면 좋겠다.

1946

이경재

1화 - 하늘로 내리는 비, 거꾸로 가는 세상

어김없이 비가 내리는 아침이다. 12월 31일임에도 눈이 아닌 비가 온다. 며칠 전 봤던 그건 뭐였을까. 검은색 액체가 비를 거슬러 하늘로 올라갔었다. 12월임에도 비가 오는 것이 이상하다 생각했지만, 그런 이상 현상을 생각한 건 아니었다. 잠깐. 창문밖에 위화감이 느껴진다. 며칠 전 본 게 헛것이 아님을 깨닫는다. 검은색 비가 하늘을 향해 내리고 있다. 하늘에서 땅으로가 아닌, 땅에서 하늘로. 불안감을 뒤로한 채 난 방을 나와 부엌으로 향한다.

아침은 식빵과 계란프라이. 이 정도면 족했다. 접시를 싱크대에 넣고 방으로 돌아왔다. 대체 뭔 일이 일어나려 하는 걸까. 무언가 시작한다는 것은 알겠다. 하지만 무엇이 시작하는지는 모른다.

시간이 흐른 뒤,

11시 43분, 1996년이 가고 있다. 밖은 새해를 기다리는 사람들과 전등들로 가득 찼다.

11시 44분,

11시 45분,

......

11시 58분, 위화감을 눈치챈 건 58분쯤이었다. 밖에서 새해를 기다리던 사람들은 온데간데없고 건물마저 사라져간다.

11시 59분, 시계 시침과 분침이 움직였다. 난 시계를 본 것을 마지막으로 검은 액체에 어디론가 끌려갔다. 빛이 새어 들어오는 검은 액체로 가득 찬 물 속이다. 왜인지 숨이 쉬어진다. 바닥조차 보이지 않는 아래로 끌려간다. 검은 바다가 날 심해로 끌고 가는 것 같다. 빛조차 보이지 않는 미지의 심해로.

빛이 희미해져 갈 때쯤, 한 여성이 손을 뻗어 내 손을 잡으려 한다. 나도 그에 맞춰 손을 뻗자, 주변이 모두 흰색으로 바뀌었다. 아무것도 보이지 않는 무한한 흰색. 여자는 머리에서 아래로 내려올수록 색이 연해지는 흑발과 흑안을 하고 있다. 머리 위에는 검은 가시관이 떠다닌다.

"안녕, 아가야."

따뜻하다. 한 치의 차가움 없이 햇볕처럼 따뜻하다.

"아가의 이름은 뭐니…?"

이름. 과거와 동시에 지운 지 오래다. 잊은 게 아니다, 지운 거다. 난 고개를 저었다.

"이름이 없는가 보구나."

"내가 지어줘도 괜찮겠니?"

난 고개를 끄덕였다. 이름이 없는 거보단 있는 것이 낫다, 적어도 지금은. 여자는 몇 분을 생각했을까. 입을 열었다.

"시스투스…. 어떠니…?"

시스투스. 일명 자살하는 꽃. 난 무의식적으로 자살에 대한 공포가 있다는 걸 알고 있다. 이런 날 꿰뚫어 본 건가. 지금의 나로선 모르겠다.

"난 아가의 꿈속에 나타날 게야…."

"부디…. 또 보자꾸나."

난 또다시 어디론가 끌려갔다. 주변에 보이는 건 밤 풍경의 창문과 긴 책상. 의자에는 누군가 앉아있는 듯하다. 그 순간 의자가 돌아가고, 의자에 앉은 여성은 기다렸다는 표정으로 나와 눈을 마주쳤다. 흰색 장발과 머리카락으로 가렸지만 나와 눈이 마주친 주황색 눈. 어딘가 음침한 분위기를 풍기는 여자다.

"안녕?"

차갑다. 상냥하게 말했지만 차갑다. 차가움을 숨기고 있다. 내가 무표정으로 응시하자 속상하다는 듯 입을 열었다.

"우선…. '검은 비'에 영향을 받지 않은 사람으로서…. 세 가지 질문에 먼저 대답해 줄래?"

검은 비…. 아까 그 비 말인가. 하늘로 내린 이상한 비 말이다. 분위기상 내게 거절 권리는 없는 것 같다.

"첫 번째, 넌 그 여자를 만나고 왔지?"

'그 여자'라. '만나고 왔다'…. 방금 그 흑백머리 여자인가. 난 사실을 숨긴 채 모르겠다는 표정으로 응시했다.

"모르는 표정이네. 초자아, 또는 가시관. 아! 이렇게 말하면 못 알아듣겠지? 그 흑백머리말이야."

난 고개를 끄덕였다.

"그럼 두 번째, 비체베르사와 재단 X를 알고 있니?"

비체베르사. 1946년 대테러를 일으킨 범죄조직이다. 이유는 밝혀지지 않았다. 추측이야 널리고 널렸지만 아무도 진실은 모른다. 그리고 재단 X. 그저 인류를 위해 자금을 모으고 기부를 하는 단체라는 사실은 알고 있지만, 비체베르사와의 연관성이 있는가?

……

그리고…. 중요한 걸 잊었던 것 같다. 여긴 어디고, 지금은…. 몇 연도인가? 난 입을 열었다.

"대가."

"……"

"내게 대가를 요청하는 거구나? 좋아, 얼마든지 들어줄게. 다만, 질문에 대답해 줄래?"

"둘 다 알고 있어."

"그렇구나. 그럼, 이제 세 번째. 그놈과 같이 검은 비의 영향을 안 받은 사람으로서…. 비체베르사에 들어와 줄 수 있겠어? 못 들어온다면…. 죽일 수밖에."

난 의식하기도 전에 고개를 끄덕였다. 어쩔 수 없다. 죽고 싶지 않다는 건 모든 생물의 본능이기에.

"자기소개가 늦었네. 난 비체베르사의 간부, 페스라고 해. 좋아, 그러면 넌 이제 비체베르사 소속이고. 대가라는 거 이뤄줄게. 물론 딱 한 개만."

"여긴 어디고, 지금은 몇 연도야."

"그런 거였니? 좋아, 대답해 줄게. 여기는 내 개인실이고, 지금은 1946년 1월 1일이야."

과거…? 정말 과거인가. 대테러가 일어난 1946년? 내색은 하지 않았지만, 미칠 것 같다. 어딘가…. 저 여자 주변

에 있는 것만으로도 정신이 흐려진다. 쓰러졌다. 서서히 눈
이 감긴다.

"내 메투스를 상대로 이렇게 오래 버틴 건 네가 처음이
야."

정신이 끊겼다. 어딘가…. 드디어 눈을 떴다. 낯선 천장과
희미하게 들리는 소리. 대체 며칠이 지난 걸까. 일어나 주
변을 살피자, 전에 봤던 흰색머리 여자가 옷을 벗고 있다.
난 여자라 상관없다만 의도를 알 수 없다. 여자는 내가 움
직이는 소리를 들은 듯 뒤를 돌아봤다.

"일어난 거야?"

"……"

"… 훗 …."

"꽤 눈치가 빠른 편이라 생각했지만 이건 예상 못 하나
보네."

그 순간, 다시 정신이 흐려졌다. 그때보단 덜하다만 무시
할 수준은 아니다. 하지만 여자가 내게 다가오는 것만큼은
선명히 보였다.

이 꼬마, 보통이 아니야. 아까부터 꼬마에게서 꽃향기가
흘러나오더니, 스스로 목을 조르고 싶어 미치겠어. 어딘가
에 목을 매달아 죽고 싶어. 그 생각이 머릿속을 메우고 있

어…. 설마…. 이게…. 꼬마 메투스….

메투스, 레뮤스에 닿은 인간이 발현하는 능력이야. 그 힘
의 근원은 자신의 의식 속에 잠든 공포지. 무의식적으로 무
서워한다면 능력 또한 무의식적으로 쓰게 되어있어. 저 꼬
마는, 스스로 목숨을 끊는 게 두려운 거겠지. 몸이 받쳐주는
건지, 아니면 정신력으로 버티고 있는 건지 모르겠다. 이미
앞은 아무것도 보이지 않고, 소리도 이상하게 들린다. 분명
히 저 여자는 뭔가 말했다. 하지만 내겐 알 수 없는 언어가
들려왔고, 몸은 이미 내 것이 아니다. 대체 왜 정신이 흐려
지는지 알기 위해서라도 이것을 이겨내야 한다. 그 순간 다
시 정신이 끊겼다.

……

낯선 천장이다. 옷은 벗겨져 있고 몸이 이상하리만치 피
곤하다. 일어나 방에 있는 거울을 보았다.

……?

머리카락 색과 눈동자, 체형이 변했다. 그 여자와 같은 흰
색 머리카락에 칠흑같이 검고, 죽어버린 눈동자와 글래머
한 체형. 대체 무슨 일이 벌어지는 것인가. 옷을 입고 생각
을 정리하기로 했다. 옷이 조금 끼지만 입을 만하다.

정리하자면 1996년 12월 31일에 내린 비. 추측이지만

그 비로 인해 과거로 간 것 같다. 내가 과거로 온 건지, 세상이 과거로 간 건지 모르겠다. 12월 31일 11시 59분, 내가 검은 바다로 끌려들어 가고 그 여자를 만났다. 도착한 곳은 1946년 1월 1일의 흰색머리 여자의 개인실. 세 가지 질문에 답한 뒤 강제적으로 비체베르사에 들어왔다. 정신을 잃고 쓰러진 뒤 그 방에 있었고, 또다시 기절해 여기에 있다. 내가 잠든 사이 흰색머리 여자가 내게 무언가를 했다. 난 한참 동안 거울을 바라보았다. 그 여자와 같이 흰색머리로 변해버린 나. 적어도 당분간은 비체베르사 소속으로서 1946년에 대해 알아봐야 할 것 같다.

2화 - 비체베르사와 실험체

비체베르사. 내가 강제적으로 들어온 조직. 1946년 12월 31일에 일어날 대테러의 중심에 있는 조직이다. 왜 대테러를 일으키는지는 불명. 1996년까지도 밝혀진 게 없다. 어디서 어떻게 뭘 하는지도 불분명한 조직이지만, 국가를 대상으로 한 테러를 일으킬 정도면 무언가 있다.

잠깐만. 방에 누가 들어왔다. 누구지? 경계심을 올리며 누구인지 확인하러 갔다. 문을 열고 들어온 건 흑색의 장발

과 주황색 눈을 한 여자. 특징으로는 머리에 곤충의 더듬이
가 있다는 것. 얼핏 봐선 지네 더듬이인 것 같다.

"너구만, 그 신입이."

말속에 경계심이 있다.

"별건 아니고, 그냥 얼굴이나 보러 왔어."

"궁금한 건 못 참아서 말이지."

"아참, 페스가 이거 전해주라고 했어."

편지 봉투를 받고 여자는 곧바로 복도로 걸어 나갔다. 편
지 내용을 확인했다.

'안녕? 머리는 괜찮지? 그건 그렇고, 넌 비체베르사에 대
해 모르는 게 많겠지. 그 방은 네 개인실이야. 앞으로 쓰게
될 방이라구. 그리고 편지를 봤다면 메인홀로 나와. 내가 기
다리고 있을 테니까. 아, 그리고 아깐 기분 좋았어!'

편지를 테이블 위에 둔 채로 밖으로 걸어갔다.

메인홀.

"여기야, 여기!"

흰색머리 여자가 손을 흔들었다. 약간 힘이 빠진 상태로
여자에게 걸어가니 여자는 내게 다가왔다. 왜 부른 걸까. 여
자가 먼저 입을 열었다.

"별건 아니고, 시설을 구경시켜 줄 필요는 있겠다 싶어서."

그런 거였나. 말이 끝나기 무섭게 여자는 내 손을 잡고 어디론가 달려간다. 몇 분 뒤 분위기와 시설들로 보아 실험실인 것 같다. 구경이라는 명목으로 이곳에 왔지만, 그리 뭔갈 보고 싶은 기분은 아니다. 특히 이런 곳이라면 더더욱. 난 그저 맥없이 여자를 따라갈 뿐이다. 다다른 곳은 숙소로 보이는 곳. 거대한 복도와 간격마다 배치된 문. 문에는 각각 번호가 쓰여 있다. 01부터 20까지. 그 순간 여자가 말을 했다.

"여기는 실험체 숙소야."

"곧 실험에 쓰이거나 이미 실험된 애들이 머무는 곳이지."

실험체라…. 무슨 실험의 실험체인지는 몰라도 좋은 실험은 아닌 듯하다.

"한 명 소개해 줄까?"

무슨 얼굴을 하고 있을진 모르지만 궁금하진 않다. 난 고개를 저었다. 하지만 의미는 없는 행동이다. 이미 06번 방문이 열려있고 여자는 누군가 데려 나온다. 흰색의 삐죽삐죽 튀어나온 단발과 적안, 양쪽 눈 위아래로 이어지는 흉터가 있는 아이다.

"안녕하십니까."

여린 목소리 속에는 수상할 정도로 감정이 들어있지 않다. 겉으로 느껴지는 감정이 전혀 없다. 아이가 입을 열었다.

"A.A(에이에이), 그렇게 불러주시겠습니까."

난 고개를 끄덕였다. A.A, 뜻은 모르겠으나 지금 물어보는 것이 좋은 선택은 아닐 것 같다. 난 그들을 뒤로한 채 반대쪽으로 걸어갔다. 몸도 피곤하며 지금은 별로 타인과 같이 있고 싶지 않다. 왔던 길을 돌아가 방으로 향했다.

개인실.

옷을 편하게 갈아입은 뒤 침대에 누워 잠을 청했다. 몇 분이 흘렀을까, 잠에 들었다.

… 꿈속 …

"아가야…"

그 여자다. 따뜻하고 익숙한 목소리, 그 특유의 말투까지 똑같다. 이곳은 꿈속인가, 아니면 환상인가. 판단이 서지 않을 때쯤 여자가 입을 열었다.

"아가의 꿈은 뭐니…?"

꿈. 내 꿈은 죽는 것이다. 하지만 스스로 죽기엔 용기가 부족했고, 막상 죽을 위기에 처하니 발버둥 치던 날 보았다. 뭔가…. '죽고 싶다.'라는 꿈을 가졌음에도 각오가 되어

있지 않아 늘 실패했다. 어차피 언젠간 흙 속에 묻힐 운명이고, 그건 모든 생명체가 그렇다. 그렇게 생각했기에 점점 삶의 의미는 희미해져 갔고, 앞길이 보이지 않게 되었다.

"죽는 거요."

"특이한 꿈이구나."

"그러면…. 왜 죽고 싶니?"

'왜 죽고 싶은가?'에 대한 대답은 간단하다. '의미 없기 때문.'

이 한 문장으로 대답할 수 있다. 지워버린 과거에 뭔 일이 있었던 건진 몰라도 적어도 지금의 난 그런 성격이 되었으니까.

"의미 없으니까."

"그렇구나…."

"의미는 찾으면 그만이지만 찾는 게 쉬운 건 아니지…."

"누구든 꿈을 가지고 있단다."

"제각각 다르지만 각자 뚜렷한 목표가 있지."

"꿈을 향해 달려 나가는 사람도 많지만, 그만큼 포기하고 현실을 마주하는 사람도 있단다."

그렇다. 대부분이 달리지만 어떤 이는 현실과 타협을 보아 꿈을 이루지 못하거나, 어떤 이는 달려가는 도중에 길을 잃어 헤맨다. 난 멈춰 있다. 꿈을 향해 가고 싶으나 달려 나갈 용기가 없다. 인생사 공수래공수거. 아무것도 못 가진 채 태어나 아무것도 가져가지 못한다. 적어도 사는 동안에는 꿈에 도달해야 할 거 같지만, 꿈이 너무 높다라면 어떡해야 하는가? 끝까지 달려봤지만, 한계까지 달려봤지만, 이루어지지 않는 꿈이라면 어떤가? 한계까지 넘어봤는데도 이루어지지 않는 꿈이라면? 누가 노력을 하겠는가? 이루어질 리 없는 꿈이란 걸 알면서도 노력하는 사람들은 또 뭔가? 나로선 알 수 없다. 그저…. 개인이 판단하기 나름이다. 꿈을 포기할지, 계속 붙들고 있을지는.

"이제 갈 시간이란다."

"또 보자꾸나. 아가야."

그 말을 끝으로 난 꿈에서 깼다.

3화 - 재단 X의 습격

낯선 천장. 개인실이다. 새어 들어오는 햇살을 느끼며 잠에서 깬다. 그 여자는 왜 내 꿈을 물어봤을까. 내 꿈은 죽는 것이다. 여러 차례 시도했지만, 용기가 부족해 실패했다. 막상 죽을 때가 되니 살기 위해 몸부림쳤다. 모순적이다. 죽고 싶다는 마음을 가졌는데도 살기 위해 발버둥 치다니. 알 수 없다. 지금의 나로선 알 수 없다. 그렇다면 난 지금 무얼 해야 하는가? 그것조차 모르겠다. 그저 의미 없이 살아있을 뿐이다. 난 무언갈 믿는 사람이 아니다. 초자연적인 것이라면 더더욱. 난 옷을 갈아입고, 밖으로 나가기로 했다.

오후.

개인실에서 음악을 들으며 누워있다. 캐논 변주곡이다. 선율을 느끼며 시간이 흐른다. 흐르는 시간에 몸을 맡기며 누워있는데 밖에서 무언가 터지는 소리가 들렸다. 난 창문으로 시선을 돌렸고 이내 반대쪽 건물이 부서져 있는 것을 확인했다. 창문 밖에 정신이 팔려있던 찰나 주변에서 터지는 소리가 난다. 건물이 흔들린다. 이번엔 이 건물인가. 누가 일으킨 테러인지는 모르지만, 추측건대 재단 X라는 조직이 유력해 보인다. 흰색머리 여자가 굳이 비체베르사와 재단 X를 같이 말한 이유가 있을 것이다. 잠긴 문이 열리는 소리가 난다. 경계하며 문 쪽으로 향했다. 문에는 회색의 장발을 한 회안의 여자가 서 있다. 얼굴과 손 곳곳에 흉터가 있다. 뾰족한 이빨, 수녀복을 입고 있지만 베일은 쓰지 않았다.

"찾고 있었습니다."

"최후의 열쇠, 시스투스 씨."

말속에 살기가 가득하다. 게다가 여자가 지어준 이름을 알고 있다.

"시간이 없으니, 저와 가주시겠습니까."

"거절은…. 거절하겠습니다."

분명 회색 눈동자지만 왜인지 붉어지는 느낌이다. 따를 수밖에 없다. 난 경계를 풀고 고개를 끄덕였다. 여자는 어디론가 달리기 시작했고 나도 따라 달려 나갔다. 도착한 곳은 밖. 뒤에서 인기척이 느껴진다. 고개를 돌려 확인하자 흰색머리 여자가 보였다.

"벌써 가는 거야?"

"아쉽네."

정신이 흐려지기 시작했다. 어떻게든 정신을 붙잡아야 한다. 흐려지는 정신으로 반대쪽으로 내달렸다. 얼마 안 가 쓰러졌고 정신이 희미해졌다. … 어딘가 … 정신이 들었다. 회색 천장, 하얀 조명. 개인실은 아닌 것 같다. 여기가 어디인지 알아볼 필요가 있다.

"일어나셨습니까."

회색머리 여자다.

"자기소개가 늦었군요."

"전 재단 X 소속 페르피디아라고 합니다."

대체 여기가 어딘지 모르겠다. 느낌상으론 재단 X라고 하는 조직 내부일 것 같지만 확신할 수 없다. 최후의 열쇠라고 했던 게 기억났으나, 왜 이곳으로 데려왔는지는 알 수 없다. 난 고심 끝에 입을 열었다.

"이유가 뭐야."

"이곳에 온 이유 말입니까."

"당신은 대테러를 막을 수 있는 열쇠. 그것도 최후의 열쇠입니다."

"그게 뭐야."

"열쇠란 초자아가 점찍은 5명의 사람입니다."

"당신도 그중 한 명입니다."

초자아. 흑백머리 여자를 말하는 것 같다.

"다른 열쇠들을 만나러 가시죠."

여자는 밖으로 걸어 나갔다. 나도 따라가야 했다.

열쇠 집합지.

보이는 인원은 4명. 저들이 나와 같은 열쇠들인 것 같다. 그중에는 익숙한 얼굴이 있다. A.A. 분명 비체베르사의 실험체였는데 그때 나와 같이 이곳에 온 모양이다. 가장 먼저 눈에 들어온 것은 흑색의 한쪽만 길게 땋은 머리, 흑안을 하고 있는 남자와 밝은 분홍색의 장발, 노란색 오른 눈과 분홍색 왼쪽 눈, 얼굴 거의 절반을 덮는 화상자국을 가진 여자다. 남은 한 명은 흑색이 섞인 파란색 장발, 죽은 자안을 가졌다. 이들이 대테러를 막을 열쇠들인가. 별로 내키진 않는다. 그저 흘러가는 대로.

4화 - 열쇠와 인도자들

밝은 목소리가 들려온다.
"페르! 페르!"
소리가 들려오는 곳에는 흑색 머리카락으로 눈을 가린 장발의 여성이 뛰어온다.
"이제 왔나."
살기가 부족하다. 친구 사이인 건가. 검은머리 여자 뒤로 밝은 회색머리의 브래이드 번을 한 모자 쓴 남자와, 적색 장발의 적안을 가진 여자가 달려온다.
"통성명이라도 하지."
회색머리 여자는 검은머리 여자를 바라봤다.

"나부터 하라고?"

"왜 이런 건 나부터인지…."

"어쨌든! 난 이해(李海)라고 해!"

파란머리 여자를 보면서 말했다.

"이 친구의 안내자이기도 하고."

빨간머리 여자가 말했다.

"다음은 전가요."

"프레테…. 라고 합니다."

"시스투스…. 씨의 안내자예요."

회색머리 남자의 설명은 간단했다.

"녹스."

"저기, 흰색머리의 안내자야."

"전 페르피디아, 선씨의 안내자입니다.

"그러면…. 이제 당신들 차례입니다."

여전히 느껴지는 살기 속에서 A.A가 먼저 입을 열었다.

"A.A(Artificial Angel), 그렇게 불러주시겠습니까."

다음으로 말을 꺼낸 건 분홍머리 여자다.

"안녕! 피데스라고 해."

그다음은 검은머리 남자.

"회색머리가 말했듯이 선이라고 한다."

파란머리 여자도 입을 열었다.

"인데플로라."

마지막은 난가.

"시스투스."

이 정도면 됐다. 회색머리 여자가 입을 열었다.

"통성명도 끝났으니, 이제 방으로 돌아가죠."

시스투스의 방.

생각을 정리하자. 비체베르사에서 AA를 만나고 잠자리에 들었다. 다음 날 오후, 재단 X에서 나와 AA를 데려왔고 지금에 이르렀다. 지금은 자는 게 나을 듯하다.

··· 꿈속 ···

또 이 장소다. 흑백머리 여자는 이번엔 의자에 앉아 안경을 쓰고 책을 읽는다. 내 인기척을 확인했는지 내 쪽을 바라봤다.

"안녕···. 아가야."

"안녕하세요."

"이걸로 세 번째구나."

궁금한 게 생겼다. 이 여자의 이름은 무엇인가. 난 말하는 걸 싫어한다, 웬만하면 먼저 말을 꺼내지 않는다. 그렇지만 지금은 말할 필요가 있다.

"이름이 뭐예요?"

"나도 아가와 같이⋯. 이름이 없단다."

"그냥⋯. 가시관. 그 정도로 불러 다오."

그 말이 끝나는 순간, 여자의 머리 위에 가시관이 생겨났다. 가시관은 검은 액체를 흘려보낸다. 솔직히 말하자면 이 여자와 대화하는 것이 즐겁다. 대화하는 것이 싫고 두려운 나에게 이 여자는 상냥하게 말을 걸어주었다. 이 여자 아니 가시관이 좋다. 그녀의 품속에 있고 싶다.

"아가야."

"아가는 날 어떻게 생각하니⋯?"

"한없이, 따뜻하고 착한 사람."

"그렇구나!⋯."

"오늘은 내 얘기를 하고 싶구나."

"여기 앉아 다오."

가시관이 손짓하자 의자가 생겨났다. 난 의자에 앉았고 가시관은 이야기를 이어간다.

"난 부모 없이 살았단다."

"어릴 적부터 부모 없이 타인에게 학대당하는 삶을 살아서…. 어릴 적 나는 헤매고 있었지. 그땐 타인이라면 치를 떨었고, 점점 아무도 믿지 못하게 되었단다. 그런 날 구원해 준 건 한 남자였어. 내게 인정과 따뜻함을 주었지. 그 남자가 날 도와준 것처럼, 나도 타인을 돕고 싶어졌지. 그렇게 살던 도중, 남자가 누군가에게 죽임을 당하는 걸 눈앞에서 봤단다. 그걸 본 난 다시 강한 증오로 뭉쳐져 레뮤스 그 자체이자 근원이 되었지."

비극이다.

"그리고…. 레무스 속에서 타인을 만나고, 점차 타인을 알아가기 시작했지. 그렇게…. 남자가 날 도와줬던 것처럼…. 나도 타인을 돕기로 했단다. 내가 해줄 수 있는 건 이야기를 들어주고 대답해 주는 것뿐이니…. 부디 용서해다오."

그 말을 마지막으로 꿈에서 깼다.

5화 - 레뮤스

아침이다. 따스한 햇살, 푹신한 침대. 과거로 오고 나서 지금까지 정신이 없었다. 쉴 새 없이 벌어진 일들을 돌아보면서 잠에서 깼다. 다시 생각해 보니 내가 과거로 온 것은 아닌 것 같다. 근거 없는 추측이지만 흰색머리 여자가 언급한

196

사람과 나, 그리고 흰색머리 여자의 공통점은 '검은 비의 영향을 받지 않은 사람'이다. 검은 비는 그때 하늘로 내린 비를 말하는 것 같다. 정황상 그 비로 인해 과거로 돌아갔다.

검은 비. 1946년.

그렇다. 내가 아닌 세상이 과거로 돌아갔다. 흰색머리 여자. 그녀가 언급한 사람. 그리고 나. 이 셋을 빼고 세상은 과거로 돌아갔다. 적어도 지금은 그런 결론을 내려야 했다.

옷을 갈아입고 밖으로 나갔다. 늘어진 복도와 간격마다 배치된 문이 수십 개가 있다. 복도를 나가 넓은 공간으로 나왔다. 건물 중앙으로 보이는 공간 구석진 곳에는 수상한 복도가 서 있다. 홀린 듯 그 복도로 걸어갔다. 복도로 도착하니 이상한 한기가 들이닥쳤다. 뒤에서 인기척이 느껴진다, 그것도 둘이나 인기척을 느낄 때쯤 뒤에서 발랄한 목소리가 들려온다.

"뭐야? 못 보던 애인데? 혹시 신입 실험체니?"

뒤를 돌아보자 초록색의 왼눈을 가린 양 갈래머리 밝은 노란색 눈, 눈에는 O라고 써진 여자와 오른 눈을 가린 초록색 단발, 밝은 노란색의 X라고 써진 눈을 한 남자로 보이는 피곤한 얼굴의 사람이 나타났다. 내 얼굴을 보자마자 단발머리 남자가 입을 열었다.

"얼굴 확인 결과 최후의 열쇠 시스투스로 판별됨."

굉장히 피곤한 여자 목소리다. 남자인가 여자인가. 별로 궁금하진 않다.

"물어볼 게 있는데 여긴 왜 들어온 거야?"

"호기심."

"그래그래, 궁금한 건 못 참지."

"따라와! 구경시켜 줄게."

둘은 복도의 끝으로 걸어가기 시작했다. 나도 따라 걸어가자, 초록색의 또 다른 복도가 보였다. 길디긴 복도에는 문이 총 3개가 있고, 각 방의 용도는 다른 것으로 보인다.

"우선 레뮤스 연구실부터 보자!"

달려가 첫 번째 문을 열었다. 문 뒤에는 초록색 액체가 담긴 거대한 원통과 각종 기계장치가 보였다.

"레뮤스가 뭔지는 알지?"

모른다.

"모르는 듯한 표정이니 설명해 줄게."

"클라인."

여자의 지시로 남자는 버튼을 눌렀다. 거대한 스크린이 내려왔다. 기술만큼은 아직 1996년과 비슷한 것 같다.

"우선 레뮤스란 주로 지하 1km 아래에 있어."

"지하수처럼 느리게 흐르고 있지."

"저기 초록색 보이지? 저게 레뮤스 원액이야."

원액? 그렇다는 건 다른 형태도 있다는 소리다.

"레뮤스 원액은 밝은 초록을 띠지만, 생물 특히 사람 피부에 닿았을 때 진가를 발휘해."

"클라인."

남자는 어디선가 초록색 액체가 든 병을 가져와 여자의 손에 부었다. 초록색 액체는 언제 그랬냐는 듯 칠흑같이 검게 변했다.

"보이지? 검은색으로 변한 거."

"이 상태를 흑레뮤스라고 불러."

"흑레뮤스에 닿은 사람은 저마다의 공포를 근원으로 한 초자연적인 능력 메투스를 발현해. 그리고 메투스를 발현한 직후 저마다의 트라우마와 공포심이 한계까지 높아지지. 그 공포심에 먹힌다면 레뮤스 침식이 일어나 개인의 공포를 형상화한 모습으로 변하지. 대충 이 정도만 알고 있어도 돼."

"다음 실험실로 가자."

위험한 물체다. 공포를 근원으로 둔 힘이라니. 내 공포가 어떤 건지는 몰라도 별로 알고 싶지는 않다. 닿는 것은 최대한 피해야겠다. 여자를 따라 다음 실험실로 향했다.

"아참! 소개가 늦었네."

"난 뫼비우스야! 재단 X의 아이들 중 다섯째이자 과학자지."

"클라인, 여섯째."

"뫼비우스, 조수."

"이래도 여자."

여자였나.

"뫼비우스, 나 커피 부족."

"자판기 위치."

"바로 앞에 있는 것도 모르는 거야?"

"아, 감사."

'클라인 전용'이라 써진 버튼을 누르니 캔 커피 2개가 나왔다.

"너도, 마실래."

그냥 캔 커피 같다만 호의를 거절하는 선택이 좋은 건 아닌 것 같다. 난 고개를 끄덕였다. 단발머리 여자는 힘없는 팔을 내밀어 차가운 캔 커피를 내게 줬다. 눈에 들어온 건 성분표. 이 작은 캔에 들어있는 카페인 양은 무려 500mg. 성인 하루 권장치를 넘은 양이다. 단발머리 여자의 얼굴이 매우 피곤해 보이긴 해도, 물처럼 마실 단발머리 여자의 건

강을 생각하니 저절로 눈이 감아졌다. 먼저 들어간 둘의 대화 소리가 들려왔다.

"클라인, 논문 갈아엎어야겠어."

"또."

"세 번째 수정."

"클라인 힘들다."

"이번이 마지막이니까~ 좀 도와주라~"

"클라인도 사람이다."

"도와주면 배추빙수 만들어 줄게."

"돕겠다."

"3일 밤새면 논문 나온다."

저게 사람일까. 난 모르겠다. 난 누굴 판단하고 결정짓는 사람이 아니다. 그저 그렇다면 그런 것이기에 의문은 없다. 두 번째 방으로 들어섰다.

6화 - 메투스과 코르

"여긴 메투스 실험실이야."

"말 그대로 자신의 메투스를 테스트할 수 있는 공간이지."

"클라인, 시범 보여줘."

"쓰는 거 싫다."

"한 번만~"

단발머리 여자는 한숨을 쉬더니 팔을 들어 손을 폈다. 손에서 검은색 날벌레들이 나왔다.

"클라인, 벌레 무섭다."

"클라인은 벌레를 무서워해. 그래서 메투스의 형태가 벌레인 거지."

공포를 근원으로 둔 힘이라 했던가. 확실히 미지의 힘이다.

"어디 보자…. 살충제가…."

"여깃다!"

양 갈래머리 여자는 흰색 가운 안쪽 주머니에서 살충제를 꺼내 벌레무리에 뿌렸다.

"메투스는 원본을 카피해 레뮤스로 만드는 개념이라, 같은 레뮤스로만 박살 낼 수 있어. 이 살충제도 레뮤스로 만든 거고. 어때? 대충 이해가 돼? 난 나름대로 쉽게 설명한 것 같은데."

메투스, 레뮤스에 닿은 뒤 발현되는 초자연적인 힘. 그 힘의 근원은 공포이며, 공포의 형상화를 레뮤스로 만든다. 그 정도인 것 같다. 양 갈래머리 여자는 입을 열었다.

"다음은 코르에 대해 설명할게."

"코르는 메투스와 근원은 같지만, 방식이 달라. 메투스가 공포를 형상화한다면 코르는 공포를 이길 의지를 형상화하지. 강약의 개념이 아닌, 의지 그 자체로서 힘을 발휘해. 하지만 그만큼 발현 조건이 어렵지. 발현 조건은, '자신의 공포를 이길 수 있는 거'야. 알다시피 개인의 공포를 이기는 건 쉽지 않기에 발현이 어렵지. 이 조직 중에서도 발현한 사람은 2명밖에 안 돼. 바리우스와 아버지, 그 둘뿐이야."

공포를 이길 의지라. 확실히 개인이 가진 가장 큰 힘은 굳은 신념과 의지다. 의지가 있기에 공포를 이길 수 있고, 신념이 있기에 살아있을 수 있다. 신념도 의지도 없는 난, 공포에 먹히기 딱 좋은 상태다. 둘은 다음 방으로 걸어갔다.

"다음은 초자아 연구실이야. 혹시 누군지 알아?"

초자아. 가시관이 그렇게 불렸던 것 같다. 난 고개를 끄덕였다.

"아는 게 많네."

세 번째 방으로 들어서자, 가시관이 손과 발이 못에 박힌 채로 벽에 박제되어 있다.

"놀라지 마. 자기 몸은 껍데기라면서 하나 주더라고."

그런 건가.

"초자아의 껍데기 신체에는 피 대신 흑레뮤스가 흐르고

있었어. 그저 피부를 만지는 것 정도로 메투스가 발현될 만큼 강한 레뮤스가 흐르지."

가시관을 처음 만났을 때 난 손을 잡았다. 만약 가시관의 신체가 저것과 같다면 난 이미 메투스를 발현했다. 하지만 나도 내 공포를 모른다. 죽기 싫다는 것은 생물의 본능이기에 공포로 치기에는 애매했다. 그렇기에 난 내 메투스를 모른다. 공포가 곧 메투스기에 공포를 알아야 메투스도 알 수 있다. 일단 지금은 뒤로하는 게 나을 듯하다.

7화 - 도로시

"그럼 세 번째 방으로 가자."

여자를 따라 세 번째 방으로 갔다. 전에 본 방보다 4배는 큰 방에는 한 여자가 서 있다. 적색의 장발, 형형색색의 브릿지, 빛나는 무지개색 눈을 가졌다.

"안녕! 흰색머린 못 보던 애 같은데? 난 도로시라고 해!"

무서운 것 없어 보이는 밝고 명랑한 목소리다. 도로시라는 여자는 내게 다가왔다. 바로 앞까지 다가와 손으로 내 턱을 어루만지더니 흥미로운 듯 날 더듬었다.

"너, 메투스 저항이 말이 아니야."

"이 정도 저항력은 지금까지 본 적 없어."

말이 끝나기 무섭게 양 갈래머리 여자가 입을 열었다.

"너 나중에 실험 좀 도와줄래?"

실험체가 되기는 싫다.

"아니."

"아쉽네…. 하루 한 끼는 챙겨주는데."

내가 그런 걸로 넘어갈 리 없다. 붉은머리 여자는 계속해서 날 더듬었다.

"뫼비우스, 이거 정말 사람이 가질 수 있는 저항력 맞아?"

저항력이 뭔진 몰라도 별로 알고 싶지는 않다.

"이 정도면 대충 보여주는 건 끝난 것 같네. 방으로 돌아가도 좋아."

시스투스의 방.

붉은머리 여자가 말한 저항력이란 게 뭘까. 생각나는 걸 짚어보자. 그때 흰색머리 여자가 말했다. 내 메투스를 상대로 이렇게 오래 버틴 건 네가 처음이라고. 추측건대 메투스라는 힘에 저항이 있는 것 같다. 지금은 머리가 아프다, 좀 쉬자.

… 꿈속 …

웃는 얼굴의 가면을 쓴 아이들이 즐겁게 놀고 있다. 내가 바로 앞을 지나가도 아랑곳하지 않고 장난감을 만지거나 공을 차며 논다. 모두가 웃는 이 공원에 나 혼자 무표정이다. 몇 분을 서 있었을까. 한 아이가 내게 말을 걸었다.

"언니, 언니는 안 놀아요?"

별로 놀고 싶진 않다. 가끔은 동심에 빠져 순수하게 재미를 위해 놀고 싶지만, 이미 난 돌아갈 수 없다. 아이는 내 손을 잡고 어디론가 뛰어갔다. 나도 따라 뛰어가자, 그곳엔 웃고 있는 가면이 보였다.

"언니도 이거 써요."

"아참, 언니 이름은 뭐예요? 전 릴리인데."

"시스투스."

몇 분 동안 고민했을까, 제안을 받아들여 가면을 썼다. 가면을 쓰자 웃고 있던 다른 가면들의 표정이 변했다. 우는 표정으로. 이상하게도 날 데려온 아이의 가면만큼은 웃는 얼굴을 유지했고, 난 공원 쪽으로 걸어 나갔다. 갑자기 어지러워지기 시작하더니 노이즈가 낀 환청이 들려온다.

"도…. [노이즈] 줘…. [노이즈]"

그 말을 끝으로 잠에서 깼다.

8화 - 평화롭던 7개월 뒤, 선과의 캐치볼

이상한 꿈을 꾸고서 7개월이 지나 7월이 되었다. 7개월은 이상하리만치 평온했고, 아무 사건도 일어나지 않았다. 난 지금 선의 부탁으로 숙소 뒤에 있는 초원에서 캐치볼을 한다. 공을 던지고 받으며 선이 먼저 말을 걸었다.

"넌 복수에 대해 어떻게 생각해?"

복수를 하고 싶다고 마음을 먹은 적은 없다.

"별생각 없어."

"그래, 차라리 그게 나을지도 몰라. 난 말이야, 복수하고 싶은 놈이 있어. 그 새끼를 죽이기 전엔 무슨 일이 있어도 못 죽어."

복수의 대상과 확고한 의지까지 존재한다. 선은 뭔가 사연이 얽혀있는 사람인 듯하다.

"아참, 그 이야기는 들었어?"

"내일 여기 조직 수장이 이 숙소 지부에 방문한대."

재단 X의 수장? 이름은 들어 본 적 있다. '압타도르' 그렇게 들었던 것 같다. 지금 일은 아니니 크게 상관은 없다.

"비체베르사 놈들도 행동거지가 이상해. 전해 들은 얘기인데 뭔갈 준비하는 것 같더라고. 보나 마나 그 대테런지 뭐시긴지 하는 거겠지?"

"난 모르겠어."

지금은 장단에 맞춰주는 게 좋을 듯하다.

"너, 말할 때마다 느끼는 거지만, 목소리가 참 모순적이
야. 다른 세상의 목소리처럼, 아름답고 따뜻하지만, 어딘가
차가움이 섞여 있는 모순적인 목소리. 적어도 난 그렇게 느
끼고 있어."

내 목소리가 그 정도인가. 난 모르겠다. 별로 알고 싶은
기분은 아니다.

"이제 와서 말하는 거지만, 선이라는 이름은 내 진짜 이
름이 아니야. 그냥 그것만 알아둬."

"애초에 나도 내 이름으로 불리는 거 싫어해."

내 이름도 가명이지만 선의 이름도 가명이다. 나 혼자 동
질감을 느끼며 캐치볼을 이어 나갔다.

내 가명인 선. 이중적인 의미로 쓰는 중이다. 근데 왜 가
명을 쓰냐고? 내 이름은 그날 이후로 쭉 선이라고 했었다.
내가 선인지 악인지 모르지만, 지금은 적어도 선이라고 믿
고 있다.

9화 - 악이 정의되는

선. 흔히 악의 반대라고 한다. 그럼 악은 뭐지? 난 지금까지 악이 뭔지 모른 채로, 자신이 선이라 믿었다. 그래서 선이라 새로 이름 지었고, 나름대로 잘 살아왔다. 내게 있어 악이 뭔지 생각해 보자.

......

아무리 생각해도 그 새끼 말고는 생각나지 않는다. 그저 내 원수이자 죽은 아버지의 원수 그 이상 그 이하도 아니기에, 분노와 증오 말고 다른 감정은 사치였다. 새로 정의할 필요가 있다. 그 새끼는 '선'인 내게 있어 '악'이다. 내가 악일지도 모르지만, 그 새끼를 죽이기 위해서라면 악이든 선이든 상관없다. 이제부터 그 새끼는 악이다. 악은 없어져야 하는 법. 필요악이든 뭐든 상관없다. 선으로서 악을 처단하리라.

오후.

선과의 캐치볼이 끝난 뒤 방으로 돌아와 쉬는 중이다. 아무래도 이상하다. 아무리 대테러를 준비 중이라 해도 7개월 동안 그렇게 조용할 수가 있을까 말이다.

7개월 동안 정말 비체베르사와 아무 마찰도 없었다. 비체베르사 소속은커녕 그들의 그림자도 보지 못했고, 계속해서 이상함만 늘어날 뿐이었다. 나를 포함한 모두가 재단 X 소속이기에 대테러를 막을 의무가 있다. 언제 일어나는지는 압타도르라는 사람이 알고 있다고 했지만 방심할 수 없다. 대테러의 날짜는 남은 시간을 모르는 시한폭탄과 같기에, 아무리 7개월 동안 평화로웠어도 절대 긴장을 늦춰선 안 된다. 이 나라는 현재 총기 소지가 합법이기에 진짜로 언제 터질지 모른다.

한참 생각하니 벌써 해가 저물었다. 왜인지 피곤해서 그냥 일찍 자기로 했다.

10화 - 압타도르의 방문

여느 때와 같은 아침이다. 오늘은 이 조직 수장의 방문이 있다고 했었나. 얼굴이라도 보는 게 나을 듯싶어 정시에 나올 방송을 기다린다.

"아아, 마이크 테스트."

"오늘은 압타도르 수장님이 이 지부에 방문하시는 날입니다. 오후 2시 30분에 방문하시기로 하셨으니 배치된 인원은 준비하십시오."

그런가. 일단은 그때가 와야 알 것 같다.

오후 2시 30분.

저 멀리 착륙장에 헬기가 도착했다. 올백의 흑색 장발에 노란색 눈, 이마에 선글라스를 걸친 강렬한 인상을 가진 중년의 남성이 내렸다. 저 사람이 압타도르인가. 나도 슬슬 나갈 준비를 해야겠다.

건물 중앙.

남자가 보인다. 남자 옆에는 정장을 입은 건장한 체격의 두 남자가 있다. 보디가드인 것 같다. 날 발견했는지 내게로 다가왔다. 바로 앞에 도착했을 때 남자가 말을 걸었다.

"자네가 시스투스인가."

"네."

신비한 목소리다. 중저음의. 어딘가 설득력 있는 목소리.

"지금은 자네와는 별로 상관없는 것 같군. 가지."

남자와 보디가드들은 구석진 곳에 있는 복도로 걸어가기 시작했다.

구원

주은별

바다가 밀려온다.

물 알갱이들은 지치지 않는 듯 쉴 새 없이 밀려들어 오기 바쁘다. 이 거대한 힘은 달과 지구의 거대한 합작이었다. 살아있지 않은 복잡한 구 두 개의 창작물인 셈이다.

나는 세상과 동떨어져 있는 것처럼, 붉은빛이 도는 노란색 모래사장 위에 우두커니 서 있다. 청량할 것만 같은 파도 소리가 귓가를 어지럽힌다. 하얀 수염을 자랑하며 하염없이 내리치는 파도는 나의 존재를 부각시키기에 더없이 충분하다. 이제는 내가 왜 이곳에 서 있는가는 중요하지 않다. 그마저도 생각나지 않으니. 나는 만물에 대한 괴리감을 형체 모를 무언가로부터 선사 받았다. 늘 그랬던 것처럼 세상과 분리된 듯 존재한다.

뭐, 되었나.

이제는 그 어떠한 질문도 내 뇌리에 스며들지 않는다. 그저 이 괴리감에, 괴로움에 사무쳐 저 바다로 뛰어들고 싶다는 생각뿐이다. 갈무리할 수 없는 우울과 그 산물인 공허. 그로 인해 늘 멍했던 감각과, 늘 그랬던 충동적인 결정은 나를 행동케 하기 충분하다.

나는 감각이 소실된 다리로 파란 하늘을 모방한 푸른 바다에 어김없이 뛰어들고야 말았다. 누군가가 나에게 본인의 의지의 결과인 것에 틀림없는가 하고 물어본다면, 난 기꺼이 모르겠다고 자신할 수 있다. 머리가 자란 후의 난 누군가가 떠밀듯이 늘 충동이었으니.

나는 허공에 떠도는 공허를 세는 사람이었다. 어찌 보면 잠에 취한 듯 몽롱한 것일 수도, 의미 없는 행동이라 평가받을 수 있었다. 하지만 그럼에도 여전히 무력하다는 것만은 변하지 않았다. 나는 힘이 없다. 그 어떠한 곳에서도 내게는 힘이 없었다.

첨벙 소리와 함께 새하얀 육신이 푸른빛 사이로 흩어졌다. 차가운 물빛의 온도를 소유한, 광활한 물방울이란 입자들의 세계가 나를 감싸 안는다. 호흡은 지금이 현재라 알아차리는 것만큼 중요치 않다. 그저 나는 지금 잠겨있고, 가라앉고 있다는 것만으로도 내 안에 무언가가 충족되는 듯하다.

이대로 잠겨 죽어도 좋을 텐데.

숨소리를 흘려보내는 듯한 속삭임을 내뱉었다. 이 말을

담은 공기 방울이 수면 위로 바글바글 떠올랐다. 나를 꾸짖는 환청이 들려온다. 동시에 가슴 한켠이 차갑게 식어간다. 마음에도 온도가 있다면 상전이가 일어나 죽었을지도 모르겠다는 생각이다.

잠겨 죽어도 좋다.

이 말을 들은 누군가는 필시 나를 질시할 것이 분명하였다. 죽음을 어찌 그렇게 함부로 입에 담을 수가 있냐고. 하지만 나는 도리어 죽음이야말로 영원한 안식이라는 것을 저 치들은 영원히 모를 것이라고 이야기할 수 있고, 실제의 나는 당신들이 두려워하는 죽음을 함부로 쉽게 허공에 실어 보낼 수 있었다.

죽음은 항상 내 곁에 있었으므로.

나는 항상 죽음을 생각했으므로.

나는 항상 그에 견줄만한 고통을 수반한 채 살아 나갔으므로.

나는, 태어났으므로.

그렇게 나는 삶이란 재난의 생존자 중 죽음을 가장 가까이하는 사람이 되었다. 나는 태어났기에 동시에 죽을 수도 있었다. 인간이 미래를 이야기하는 것만큼, 이 우주에서 당연시되는 일임만큼 당연했다. 우주에서는 죽음이 당연한 것이었다. 인간만이 죽음을 당연하게 여기지 않았다.

죽음 또한 미래이다.

인간은 어째서 죽음을 생각하지 않는 것인지 의문이 들었다. 나 또한 죽음이란 것에서 변태하지 못했다. 그러므로 타인을 비판할 수 없었다. 사람들은 줄곧 이야기해 왔다. 미래를 위해 현재를 희생해야 한다고. 미래의 행복을 위해선 현재의 고통은 어쩔 수 없는 것이라고. 하지만 누가 감히 내 선택을 비난할까. 나는 내가 할 수 있는 선택을 했다. 현재가 중요하다 생각하여 현재의 행복을 택했고, 그렇게 현재에 안주하며 살다 두려워진 미래에 매일을 떨며 울었다. 그렇지만 나는 결국에 비난받았다. 다른 무엇도 아닌 현재의 행복을 택한 것에 대하여. 나를 그로부터 보호하려는 자는 아무도 없었다. 부모는 그저 방관했다. 네가 선택한 길이 비난받아 마땅한 일이었다는 걸 깨달으라는 무언의 방임 같았다.

나는 실패자인 것인가.

나에게 손가락질하던 그들은 내게 계속 그렇게 살다 간 실패자가, 인간 말종과 다름없게, 사회에서 도태될 것이라 말했다. 뿐만 아니라 여러 매체에서는 말했다. 인간은 행복해야 한다고. 인간에게 행복은 없어서는 안 될 존재라고. 그 필수 불가결한 것조차 얻어내지 못한 나는 사회에서 흔히 말하는 인간 말종인 건지, 사회에서 도태된 자인 건지. 나는 왜 행복이 필수 불가결한 것이며 그것이 없다한들 어째서 왜 내가 그들에게 비난받아야 하는지 의문을 가질 것이다. 그들이 그럴만한 자격이 있는지. 자격을 운운하며 나는 늘 내게 손가락질하는 자에게 도리어 내 삶이 불행에 점철된 것이 내 의지였는가 묻고 싶다. 내가 불행한 것이 내 잘못이었냐고, 나를 벼랑 끝에서 밀어버린 이가 나였느냐고. 그들은 과연 답할 수 있을까. 어쩌면 그들이 화가 난 것은 나 때문이 아닐지도 모른다. 그들은 그들 자신에게 화가 났으나 그걸 인정하고 싶지 않아서, 가장 만만해 보이는 나에게 대뜸 화를 부어버린 걸지도 모른다.

왜 모두는 이리도 멍청하기 짝이 없을까. 나를 손가락질하며 나와 같은 애들을 먹여 살려야 하는, 자신 같은 사회 구성원이 불쌍하다며 마음의 위안을 얻는 사람들을 먹여 살려야 하는, 소수의 지성인들이 불쌍하다고 나는 말하고 싶다. 가장 답답한 것은 그들인데, 자신들이 답답하다 주장하니 저들이 아니 한심할 수 없었다.

아, 또다. 액체 속 공기의 아우성이 상념을 방해한다. 초대하지 않은 손님이 죽음의 공기에 멋대로 비집고 들어온 것이다. 사정없이 낙하를 방해하는 불청객을 쫓아내려는

216

순간, 눈꺼풀이 저절로 열린 채 뻑뻑한 안구가 푸른빛이 도는 천장을 마주한다. 힘조차 들어가지 않아 축 늘어진 육체가 이곳이 너의 진 삶이라고 말하는 듯하다. 신체는 습기를 먹은 이불처럼 존재하는 그 자리 그대로 늘어지기 바쁘다. 눈을 깜빡이니 눈꺼풀 사이로 짜디짠 액체가 뿜어져 나간다. 건조한 안구에 수분이 들어가자, 오묘한 노을빛 고통이 눈앞을 새까맣게 칠해버린다. 예전이었으면 뭐라도 해 보려 했겠지만, 이제는 너무도 익숙해져 버린 채다. 그 고통마저 익숙해 덤덤하기 일쑤다.

책상 앞에 위치한, 그 부산스러운 장식 하나 달려있지 않은 창문의 유리 입자 사이사이를 비집고 들어온 새벽 햇살이 방 안을 침범해 들어온다. 파란색을 띠는 것이 마치 꿈이라고 칭해야 할 것만 같은, 기억이라고 하기에도 애매모호한 그것을 연상시키게 한다. 이걸로 몇 번째였나. 가늠조차 되지 않는 횟수의 꿈이란 것이었다. 최초의 꿈은 영원토록 그 자리에서 저녁 노을빛을 반사하는 것 같았던, 이제는 나이가 들어버린 놀이터였다. 그 이후론 지구 종말로 매일같이 쏟아지는 폭우 속 살아남은 어린 아이들의 생존. 또 그 이후로 많은 꿈이 꼬리를 이어갔다.

최근은 바다의 꿈을 몇 번이고 꾼다. 나의 기억인 것인지 묻는다면 단호히도 아니라고 말할 수 있다. 나는 한 번도 바다라는 것의 실체를 본 적이 없다. 그 온도도, 향내도, 소리도. 모두 인간들의 소문이란 것에 의해 주어진 지식으로만 추론할 뿐이다.

어디까지를 기억이라 부를 수 있나.

꿈도 기억인가. 그것이 아니라면 어디까지가 기억이며, 어디까지 꿈인 것인지. 인간이 칭하길 이것은 쓸데없는 생각에 불과했다. 나에게는 지금 더 중요한 것이 있다고. 나는 학생의 신분에 놓인 사람이니, 그것에 맡겨진 것을 해야 한다고. 미래를 걱정하고 대비해야 한다고.

난 항상 인간과 맞지 않았다. 아니, 애초에 그 존재들이 인간이라는 것이었나. 그들은 항상 절대다수라고 불릴 수 없는 다수였다. 다수는 소수를 괴롭게 하고, 동시에 소수는 다수를 편견에 씌워버린다. 서로가 공생의 관계에 놓일 수 없는 불쾌하고 불행한 악순환에 사로잡힌 것이다. 나는 그 다수에 짓밟히고 짓눌린 소수였고, 동시에 이물질이라는 것에 의해 다수를 평가받고 편견이란 걸림돌을 생성한 소수였다.

그 무엇 하나 마음대로 할 수 없는 것투성이인 인생이라고 봐도 무방했다. 하나부터 열까지 모두, 타인이라는 삶의 이물질이 정한 규칙과 규범과 사회에 얽매여 사는 것이 인간이었고, '나'라는 존재였다. 지금만 봐도 나는 인간이라는 인간의 권속 아래에 놓여 옴짝달싹할 수 없이 그들만이 새겨진 규칙대로 살아가야만 한다. 그들이 정한 시간에, 그들이 정한 장소로, 그들이 정한 날짜에, 그들이 정한 복장으로, 그들이 정한 언어로, 그들이 정한 나이로, 그들이 정한 것으로, 그들이 정한 것들을 자유의지에 상관없이 행해야 했다. 그것이 그들의 규칙이었고, 규범이었다.

그래서 나는 택한 것이었다. 도망이란 행위를. 꿈속의 바다에 뛰어든 것처럼. 추측에 불과한 푸른 것에 기꺼이 뛰어든 그 행위처럼. 엄연히 도망의 원인은 달랐다. 실제의 도망은 구속으로부터의 자유가 날 종용한 것이었고, 꿈에서의 도망은 괴리감이 날 밀어붙인 것이었다. 이유가 그 무엇이든 사회는 날 손가락질하기 바쁠 것이고 소수의 인간은 날 이해해 마지않지만, 머지않아 내가 그들의 기억의 한구석에서 흘린 눈물 한 방울조차 증발되어 그들의 기억에서 사라질 것이다. 하지만 뭐든 괜찮다. 어쩌면 상관없다는 말이 더 합당할지도 모른다.

나는 사회에서 15살인 어린애에 불과하지만, 속은 이미 삭고 닳아 문드러진 마음뿐이다. 그 누덕누덕한 마음에는 공허와 그의 반려인 우울이 있다. 하지만 그들을 쫓아낼 의지는 없다. 그럴 여유도, 그럴 눈물도. 더는 남아있지 않아서. 나는 이제 그 무엇도 견뎌낼 힘이 없다. 이대로 그저 안식이 오길 바라되, 만약의 가능성이 우려된 채로. 우유부단하게 떠내려가는 시간이란 모래 알갱이들을 손으로 한 번 쓸어내릴 뿐이다. 다만, 내 생에 한 가지 걸리는 것은, 꿈속 나를 종종 또는 자주 건져내는 이는 무엇인가였다. 방금 꾼 꿈에서 불쑥 출몰한 공기 입자의 아우성도 분명 그 존재의 것이랴. 그가 나를 건져 올릴 때면, 절망이 피가 흐르듯 퍼져갈 상황임에도 불구하고, 어째서인지 환희가 가슴 한켠에 살풋 피어난다. 수분이라곤 찾아볼 수 없는 삐쩍 마른 사막 구석에 생생히도 피어난 작은 꽃 한 송이처럼.

절망스럽게도 그 꽃은 꺾어내려고 해도 꺾이지 않을 만큼 심지가 굵었다. 그래, 어쩔 수 없었던 예상 가능한 채로 도출된 결과였다. 나는 결국 그의 정체를 찾아내기로 했다. 그는 머지않을 내 안식에 모래 한 줌만한 미련이었으므로. 하얗디하얀 공간에 모래 한 줌은 거슬리기 마지않는다.

나는 이 세상에 무엇 하나 남기고 가고 싶지 않았다.

이것은 삶에 대한 예의이자 대의였다.

내가 나에게 해줄 수 있는 최초이자 최후의 유일인.

그렇게 마음을 먹었거늘, 그는 이상하리만치 내가 몇 번의 꿈을 꿀 동안 나타나지 않았다. 약간의 초조함이 심장 언저리를 공허하고 뭉근하게 휘저었다. 다행히도 얼마의 나날들이 지나지 않아 그의 소유인 듯한 방을 꿈으로 꾸었다. 단정한 하늘의 색채를 띠는 어여쁜 모양새를 갖춘 방이다. 정돈된 침구 하며, 행거에 걸린 가지런한 옷가지 하며, 하얀 책상 위에 반듯이 놓여 있는 일기장 하며, 모든 것이 주인의 성격을 짐작케 한다. 상냥한 그를 닮은 방이었다. 나쁘게 말하자면 그는 오지랖이 넓은 사람이다. 꿈일 뿐인데도 죽으려 하는 사람을 두고 보지 못한다. 그렇게 그는 나와 전혀 다른 사람이었건만, 이상하게도 그에게 나와 비슷한 점이 존재했다. 일기장을 고르는 취향이었다. 나는 늘 일기를 몇 장 쓰고 더는 쓰지 않기 일쑤였지만, 고르는 것에는 항상 취향을 담아 신중하게 임하곤 했다.

무심코 쓸어버린 일기장의 표면에서 모래를 쓰는 소리가 들려왔다. 투박하기 그지없는 촉감과 함께 새하얀 빛이 맴도는 표지가 제게 모든 것을 말해달라는 듯한 무언의 분위기를 분출했다. 순간, 그의 일기장을 펼칠 충동이 들었다. 갑자기 이유를 알 수 없는 호기심이 토기처럼 치밀어 올랐다. 불쾌하기 마지않았지만, 그를 찾을 실마리였다. 이

것이 잘못되었다는 걸 알고 있다. 하지만 그를 찾기 위해서는 어쩔 수 없다는 변명으로 책상 앞 의자에 앉아 일기장을 펼쳤다.

생각보다 두꺼운 종이의 촉감이 손 끝단을 스치며 지나간다. 언뜻언뜻 보이는 필체가 정갈하기 그지없다. 무작위로 시를 고르듯 멈춘 페이지에는 그의 일상이 세세하고 가볍게 적혀있다. 그렇게 읽어 내려간 그의 삶은 더 없이, 괜찮아 보였다. 대상 없는 사랑이 살포시 글자들의 향연 위에 내려앉은 듯했다. 어느 날은 조금 즐겁고, 조금 슬프고, 조금 나른했다가, 조금 우울한 그의 일상은 인간의 삶 그 자체였다. 무언가 충족된 그의 삶을 간접 체험했다. 입 안이 모래를 씹은 것처럼 껄끄럽다. 감정이 타이타닉호처럼 침몰해 간다. 그의 일기에 나와 닮지 않은 점이 없는 것은 아니었다. 오히려 셀 수 없이 많다는 것에 가까웠다. 그러나 분명히 달랐다.

그는 이미 그의 실제 자체로 충분하므로. 내게 보여주고자 하는 것을 이제 다 보여준 모양이다. 바스락 소리와 함께 조각이 으스러지는 소리가 들린다. 꿈의 세계가 점점 조각나, 그 사이로 암흑이 보인다. 의식이 꿈에서 깨는 걸 암시하듯이. 그의 삶은 너무도 희귀했다. 그렇지 않은 사람이 있겠느냐마는 비교적 그러했다.

축 처진 솜이불 같은 삶과는 달리 하늘하늘한 담요를 석양에 매달아 말리는 느낌이었다. 언젠가 그런 삶을 꿈꾸었던 적이 있었다. 여유롭고도 행복한. 하지만 나는 결코 이룰 수 없다는 사실을 동시에 깨달아야 했다. 내게 이런 삶으로 변하는 것은 지구에서 중력을 사라지게 만들라는 말과 같았다.

아, 그와의 만남이 너무도 고대되기 시작했다.

또다시 며칠을 새어 보냈다. 또다시 꿈을 꾸었다. 이번엔 그가 나타날까. 최근 몇 주간 그는 도통 내 근처에 생겨나질 않았다. 그저 흘러가는 시간이 무기력하게 초조한 듯 느껴졌다. 그저 가만히 존재하는 그 사이로 모래 알갱이와 손을 맞대고 떠나는 힘찬 바닷소리가 들려온다. 무척이나 실례되는 말이란 걸 알지만, 언젠가 들었던 누군가의 고함처럼 들려온다.

그때 나는 상처 입었었나.

사실 잘 기억나지 않는 기억이었다. 그러나 그 기억은 시간이라는 불에 타, 흉터와 감정이란 잔재를 남기고 홀연히 사라졌다. 나는 잿가루처럼 남은 것들을 움켜쥐고 이제는 기억이란 항목에서 풀려난 누군가를 원망해야 할지, 그저 슬퍼 엉엉 울어야 할지 가늠이 되지 않는다.

내가 기뻐했던 건 언제였던가.

기쁨이라는 막연한 감정을 떠올리면, 슬그머니 어린 시절의 기억이 떠오른다. 따뜻한 애정과 사랑 속에서 막연히 행복했던 때였다고 단언할 수 있는 시절이다. 아무것도 생각하지 않고 현재를 바라볼 수 있던 때. 과거나 미래 따위는 생각도 않고 지금으로 됐다며 안주할 수 있던 때. 그 안주함을 하지 못해 많은 인간은, 나는 얼마나 슬피 울었던가.

그때가 그리워 눈물이 나게 된다. 한 방울 배출된 눈물이 뺨을 타고 내려가, 발치에 톡하고 내려앉는다. 기다렸다는 듯 눈에 불안정하게 균형을 이루던 눈물이 댐으로부터 흐르는 물처럼 제 존재를 알리고자 아우성치며 흘러내리기 시작했다. 해풍에 차가워진 뺨을 눈물이 유영하며 천천히 덥혀 나간다.

어린아이처럼 엉엉 울었던 때가 언제였던지 억울해졌다. 어쩌면 내게는 흔히 말하는 어린아이의 때가 존재하지 않았는지도 모른다. 어린아이였을 때, 인간이 떠올리는 어린아이처럼 울었던 적이 없으니. 나는 어렸을 때도 지금도 마음 편히 눈물을 흘리지 못한다. 언젠가 봤던 드라마의 그 흔한 장면처럼 쉽게 베갯잇을 적시지 못한다. 언젠가부터

우는 행위는 남에게 질타받고, 놀림 받을만한 것이라고 머리 한구석에 못 박혀 있었기 때문이다.

누가 씌운 건지도 모르는 그 틀에 박혀, 나는 몇 줌의 눈물을 흘리지 못했을까. 몇 마음의 눈물을 흘리지 못했을까. 지금도 우는 방법을 몰라 마냥 끅끅대며, 얼굴을 찌그러뜨리며 무릎에 얼굴을 묻을 뿐이다.

지금은, 내게 무어라 타박할 사람이 존재하지 않는다.

나를 쳐다보는 사람도 존재하지 않는다.

12살 무렵, 너무도 쉽고 솔직하게 눈물 흘림으로써 제 감정을 드러내던 아이가 생각난다. 그 아이를 봤을 때 난 어땠을까. 가슴이 내려앉으며 어떻게 저렇게 쉽게 울 수 있는지 속으로 툭, 생각했었던 것도 같다. 그날 나도 모르게 나왔던 그 일말의 문장은 여전히 내 머릿속에서, 내 기억 속에서 날 들쑤신다. 제발, 더 이상 날 비참하게 만들지 말아줘. 그저 가만히, 시간에 의해 망각 되어줘. 이제는 눈물을 참는 것이 습관처럼 되어버려, 또 얼마의 시간 동안 나를 괴롭힐까. 그 기억은 또 나를 얼마나 쓰라리게 할까.

정말 이대로 땅이 꺼졌으면 하고 바란다.

꺼진 땅속에서 아무도 나를 보지 않고, 아무도 내게 시선을 선사한다는 듯 쥐어 주지 말고, 그저 존재만 하기를. 기브 앤 테이크처럼 제 차례가 끝나고 대가를 치러야 한다는 듯, 내 내면을 드러내기를 종용하지 말길. 모순적이고, 혼잡하고, 혼란스러운 속앓이의 행렬 중에 인기척이 바람을 타고, 땅을 따고, 공기를 하나둘 건드리며 느껴져 왔다. 동시에 내 손과 등의 감각이 화답한다. 화들짝 놀라며 고개를 들자, 세상 만물이 알리는 듯했던 그의 존재는 사라지고, 등 위에 얹혀있던 흘러내린 담요와 손에 쥐어진 휴지와 발치의 책 한 권. 물리학 책이었다. 내가 열광했던 물리학에 대한. 일기장에 쓰여 있던 그의 전공이 머릿속 수면을 뚫고 허공에 튀어 올랐다. 이유는 종잡을 수 없다. 그가 물리학 전공이어서인지, 내가 물리학을 좋아해서인지. 어찌 되었든 또다시 받아버린 그의 친절에, 눈물은 다시 샘을 비집고 나와 멈출 줄을 몰랐다. 몇 년간 남몰래 참아왔던 눈물은 오늘 다 흘러나올 셈인 듯했다.

그렇게 파도 소리를 배경 삼아 나는 절규해 버렸다. 다시는 오지 않을 날을 사는 것처럼.

이번 꿈의 배경은 한가로운 공원이었다.

체감상 그를 기다린 지 한 시간이 넘어갈 즈음, 이제 슬슬 그를 기다리는 것이 지겨워져 간다. 안타깝게도 나는 모순되게 은혜란 모르는 것이었다. 그는 은혜도 모르는 저를

늘 건져 올리는 셈이었다. 얼굴을 좀체 드러내지 않는 그 사람은 나를 반강제로 잠에 들게 했고, 결과는 대부분 허탕이었다. 바쁘신 작자신가 어떻게 만난 지 열 번이나 넘어가게 됐는데 얼굴 한 번 안 비치는지. 점점 오기가 생겨간다. 그를 만난다면 소리 한 번 빼액 질러 볼 생각이 잠깐이지만 들었다.

그를 기다린 지 또다시 한 시간이 넘었을까, 갑자기 작은 무언가가 머리를 툭 하고 소심하게 두드리며 떨어졌다. 짜증스럽게 고개를 다시 원래대로 두었을 때, 그것은 다리 사이로 떨어져 있었다. 다리 사이에 작은 틈이라도 용납하지 않았던 어른들로부터 반항한 증거인 그 틈 사이에 티끌 하나 묻지 않은 순백색 쪽지의 등장이었다. 몸을 슬그머니 기울여 조심스레 쪽지를 열었다. 일기장에 적혀있던 글씨체와 같은 것이었다. 쪽지의 주인은 그였다.

'안녕'

툭

'오랜만이야'

툭

'많이 기다렸지? 미안'

툭

'혹시 내가 누군지 알고 있니?'

가늠도 가지 않는 그의 정체를 알길 바라는 기대감이 서린 물음이다. 그를 얼마 만나보지도 않았는데 그를 알 리가 없었다. 그렇게 안 보였는데, 생각보다 남을 과대평가하는 사람이었나.

'정말 몰라?'

'정말로?'

'진짜로?'

'진짜 정말로?'

자꾸만 저의 존재를 알아차리길 바라는 마음으로 종용하는 그에게 훅하고 화를 냈다. 완벽한 크레셴도였다. 오랜만에 소리친 덕에 갈라진 목소리가 메아리처럼 울려 퍼졌다. 뒤에서 풀밭이 무게에 의해 뭉개지는 소리가 들려온다. 아니, 어쩌면 풀들을 쓸어주며 다가오는 모순된 소리일지도 몰랐다. 감각이 본능적으로 소리쳤다. 그였다. 서둘러 고개를 돌렸지만, 풀숲에 가려져 보이지 않아, 그의 실루엣밖에 보이지 않았다. 생각해보면 그는 항상 제 모습을 보이기를 꺼려했다. 굉장한 박색이거나, 굉장한 미인이라 숨기는 걸지도 모른다. 때문에 외모에 굉장히 자신이 없어서, 내가 본인에게 엄청나게 들이댈까 봐 걱정하는 것 같지만 다행히도 난 그가 어떤 존재이든 괜찮았다. 그에게 전했다. 나는 당신이 어떤 존재이든 상관없다고. 내가 뭐라고 당신을 비난하냐고. 그는 조심스레 이파리를 걷어내며 천천히 걸어 나왔다.

"안녕, 반가워."

내게 청아한 목소리로 인사를 건넸다. 우울하기 짝이 없는 내 목소리와는 대비될 정도였다. 그 맑은 그 목소리가 내 시선을 불렀다. 그는 갈색 가죽으로 된 단화와 흰색 정장 바지와 셔츠를 입고서 녹음이 퍼진 햇살을 맞으며 사뿐히 내게로 다가왔다.

"왜 이렇게 늦어요, 한참을 기다렸네."

"미안, 많이 기다렸어?"

"조금요."

난 잠시 주저했다.

"할 말 있어요."

"벌써 본론이야? 우리 좀 더 대화를 나누는 건 어때?"

"그럴 시간 없어요. 고마웠어요, 도와줘서. 날 항상 건져 올린 사람이 당신이라는 거 알아요. 담요도, 책도, 친절함도, 상냥함도 모두. 그래서 고맙다는 말, 하고 싶어서 기다렸어요. 고마워요. 당신은 절대 잊지 않을게요. 당신이 제게 해준 거에 비하면 현저히 작음이 분명하지만, 아쉽게도 제가 당신에게 해줄 수 있는 건 감사뿐이라서요. 딱히 이 땅에 한 톨의 미련도 남기고 싶지도 않고. 당신 기다리느라 시간이 많이 흘렀어요. 이젠 정말 떠나고 싶어요."

"너 말이야."

방금보다 낮아진 그의 목소리가 내 앞에 곧 새겨질 발자취를 살풋 감추었고, 이내 땅과의 마찰로 자국을 없애었다.

"이미 엔딩 크레딧을 보고 있는 것처럼 말하는데, 영화는 아직 끝나지 않았다고."

"네?"

"내가 누군지 모른다고 했었잖아. 사실 난 너야. 네가 없을 거라고 생각하는 미래의 너. 그러니 고마워할 거라면 앞으로를 살아갈 너에게 해."

그가 그 말을 내뱉은 순간, 머리가 새하얘지면서 가슴이 내려앉았다. 내게도 미래가 있다. 막연히 존재하지 않으리라 생각했던 내게도 미래가 있다는 말은, 이상하리만치 기묘하기 짝이 없었다. 뱀이 속에서 꿈틀대듯 가슴에 혼돈이 찾아왔다. 계속해서 당연하다는 듯 결심했던 것이 그의 한마디로 어긋났다. 이대로 내가 죽어버린다면. 그런다면 과연 그는 어떻게 될까. 그의 존재는 사라지는 건가. 아니, 애초에 그가 말하는 사실이 거짓이 아닌 건가. 그가 말한 것이 평행세계 같은 SF마저도 아니라면, 그렇다면.

나는 어떻게 해야 하지?

"미안, 혼란스러운 거 잘 알아. 갑자기 만나서 이런 얘기 하는 게 거북할 것 같기도 하고."

그는 미안한 듯 난감한 기색을 표했다.

"분명 처음엔 단지 죽고 싶지 않아서, 사라지고 싶지 않아서였지만. 지금은 달라. 과거의 나의, 너의 발자취를 너무 깊숙이도 이해해 버렸거든. 그러니까 부디, 죽지 마라. 부디, 사라지지 마라. 네 모든 불행에 너의 잘못은 한 치도 없으니까 네 모든 아픔엔 네 책임은 없으니까. 네 흘러간 날들엔 자유란 없었으니까. 네 불안엔 네 의지란 없었으니까. 그러니까, 이젠 제발 행복해줘. 자유롭게 비행해줘. 제 장애물이 더는 없다는 듯이."

그의 말이 점점 물속으로 들어가는 것처럼 먹먹하고 희미하게 들린다. 내가 이런 말을 들어본 적이 있던가. 내가 이런 위로를 받은 적이 있던가. 내가 들은 건 사람은 모두 힘들다는 말뿐이었다. 눈시울이 뜨거워진다. 그 어느 때보다 뜨거운 눈물이 내린다.

아, 나는 당신을 꿈으로 꾸었고, 당신에게 받은 친절을 돈으로 환산한다면 대체 얼마를 꾸어야 다 갚을 수 있을까. 나는 또다시 그에게 갚지 못할 것을 받았다. 평생을 걸쳐도 갚지 못할 것이다. 그의 차가운 손길이 보다 뜨거운 내 눈물을 훔친다.

그의 앞에선 부끄러웠던 눈물이, 더는 부끄럽게 되지 않았다.

"고마워, 나를 꿈꾸어 줘서. 고마워, 너란 나를 찾아줘서."

나는 그의 따뜻한 품에 싸여 그의 자장가 같은 속삭임을 들었다. 단 한 번도 느껴보지 못한 따뜻한 고동이었다.

"내가, 정말 내가 잘 살 수 있을 거라고 믿어?"

"너는 단 한 번도 잘 살지 않은 적이 없었어. 그러니 믿어 의심치 않아."

눈물과 콧물에 엉망이 되어버린 얼굴과 목소리로 전해버린 그 물음은 지금까지의 아픔을 덜어내기에 충분한 답을 실어 왔다.

"지금까지 꿈꾸어 줘서, 그 꿈을 앞으로도 이어 나가려 마음먹어줘서, 행복했으면 한다고 말해줘서, 미래인 내가 존재하게 해줘서. 나의 과거이자 나의 계속을 만드는 '나'야, 너무도 고맙고 사랑해 마지않아."

"너는 내 구원이야."

내가 그토록 찾아 헤맸던 나의 구원은, 그 누구도 아닌 나였다. 다른 그 누구도 아닌 나만이 구원이었다. 오롯이 나만이 나의 구원이었다.

그는 그렇게 홀연히 떠나버렸다. 자신은 이걸로 됐다는 듯이. 그가 떠나고 그와 자주 만났던 바닷가에 쪽지 하나가 꽂혀있는 걸 발견했다. 파도가 치는데도 젖지도 않고 쓰러지지도 않는 것이 마치 그와 같다는 생각이 들었고, 편지의 내용조차 그를 떠올리기에 충분했다.

나에게 -

안녕. 오랜만이야, 조종사 씨.

기나긴 비행은 잘 되어가?

난 아쉽게도 요즘 휘청거리는 중이야.

하지만 난 다시 올곧게 나만의 길로 비행하리라 의심치 않아.

그러니 너도 휘청거린대도, 다시 너의 항로를 되찾을 수 있을 거야.

무언가 얻고자 하는 사람에게는 시련이 닥친다고 해. 너는 많은 것들을 알고자 했고, 그러고자 하지. 인간은 죽음을 생각할 때 비로소 자신에 대해, 삶에 대해, 인간에 대해 깨닫게 되고, 죽음이라는 끝이 정해지면 비로소 현재가 보이지.

너의 시련은, 현재를 볼 수 있는 기회였어. 무던히 무거운 너의 삶을 들고 일어나 걸어갈 수 있는 기회. 내가 그 기회에서 도움을 주는 조력자의 역할을 맡게 돼서 영광이야. 다음은 필시 내가 아닌 누군가가 되겠지. 내 역할은 이게 끝이었으니까.

잘 있어. 너의 마지막에는 그래도 행복했다고 떠올릴 수 있는, 그럴 수 있는 삶이 되길. 사랑했고, 사랑해.

어리고 여렸던 나야.

당신께 -

안녕, 미래의 조종사 씨.

제 비행은 아주 순조로운 것 같다는 생각이 들어요.

제 인생에서 가장 행복한 순간을 매일 느끼고 있는 것처럼요.

이젠 알아요, 내가 나만의 길을 되찾을 수 있는 힘이 있다는 걸요.

당신이 그러니, 나도 그러겠죠. 당신은 내가 사랑해 마지 않는 나니까요.

당신에게 편지를 받은 지 몇 년의 시간이 지나고서야 답장을 보내요. 당신은 이해해주리라 믿어요. 당신은 따스한 사람이니. 제 인생은 비행이자 항해에요. 표류한대도 그 길조차 내 길이에요. 이제는 어느 곳에서조차 행복할 자신이 있다는 생각이 들어요.

참, 대학에 진학했어요. 사회에서 당연시되는 것이라서가 아니라, 내가 사랑하는 것에 대해 더욱 깊숙이 알고 싶어져서요. 또래보다 늦게 입학한 경우라 주변의 시선이 달갑진 않지만, 괜찮아요. 주변의 시선은 신경 쓰지 않기로 했으니까. 아무튼 난 요즘 행복하다는 것만 알아줬으면 해요. 나는 나를 사랑하지 않을 수 없었으니까요.

이게 다 당신 덕분이에요.

다시 한번 더 고맙다는 말을 하고 싶어요.

잘 있어요.

행복해야 해요.

사랑해.

나의 미성숙했던 감정들

김태희

나는 중학생이다. 좀 더 정확히 말하면, 이제 막 중학생이 되었다.

날짜는 1월 5일, 내가 중학생이 된 지 5일이 지났다. 두 달 뒤면 중학교에 친한 친구 하나 없이 입성할 예정이다. 친한 친구들이 대부분 다른 학교거나 다른 반이기 때문이다. 나는 살벌하다고 소문난 중학교에서 친한 초등학교 친구 하나 없이 살아남아야 한다는 소리다.

누군가는 내게 물을지도 모른다. 왜 중학교가 살벌하다고 생각하냐고, 중학교의 로망 같은 건 없냐고. 나는 답하겠다, 있겠냐고. 진심으로 있으리라 생각하냐고. 아, 물론, 있는 사람도 있겠다. 내 친구들 몇몇도 환상에 빠져 있으니. 모든 초등학생이 중학교에 대한 환상을 품고 있으리라 생각 말라고 얘기하고 싶다.

일단 나부터 중학교가 싫다. 왜?

중학교에 가면 공부가 어려워질 테니 싫고, 학교에 있는

236

시간이 늘어날 테니 싫고, 시험이 생길 테니 싫다. 1학년은 자유학년제니 어쩌니 하지만, 중간고사, 기말고사 이런 게 생긴다는 자체가 싫다. 이제 나는 역으로 되묻겠다. 이런 생각을 하는 나에게 로망 따위가 생길 것 같냐고. 뭐, 그런 거다. 내 말이 이해됐으면 좋겠다. 나는 중학교에 가기 전 마지막 두 달 같은 석 달을 끝내주게 즐기는 중이다. 놀고, 먹고, 자고. 최고 아닌가? 노는 것 중 하나인 유튜브를 보려고 할 때 엄마가 불렀다.

"서화야~!"

"왜요?"

나는 나름 태연하게 답했지만 좀 짜증 난 채였다. 아무리 엄마라고 내 유튜브 시간을 방해하다니⋯. 예전엔 엄마가 나를 불러도 이렇게 짜증 나진 않았는데. 요새 좀 화가 많아진 것 같다.

"나와서 밥 먹어~"

엄마는 밥 먹으러 나오라고 했으나 솔직히 나가기 귀찮았다. 나가봤자 완성은 10분 뒤에 될 것이고, 엄마는 수저나 세팅하라 할 것이다. 평소라면 잘만 나갔겠지만, 오늘은 왠지 수저 세팅하는 게 귀찮아 반항을 한번 해 보았다.

"싫어요!"

"뭐?"

"싫다고요! 어차피 나가봤자 밥 10분 후에 될 건데 뭐 하러 미리 나가 있어요? 나 지금 나가기 귀찮으니까 밥이 다 되고 부르든가, 아예 먹이지 말든가요!"

아 이런, 생각했던 것보다 말이 날카롭게 나가버렸다. 이건 예상하지 못한 일인데…. 변명이라기엔 뭐하지만, 말하는 새에 갑자기 화가 쑥 올라왔다. 지금 나가서 사과하면 좀 어이없겠지? 눈치가 보여서 그냥 방에 있었다. 똑똑! 짧은 새에 진정되어 방문을 열려고 하는데 엄마가 들어왔다.

"서화야, 무슨 일 있어?"

엄마의 말을 듣는 순간 가슴 속에서 뭔가가 울컥했지만 나는 태연하게 말했다.

"아뇨. 무슨 일 없는데요…. 엄마는 갑자기 왜 들어온 거예요?"

"네가 갑자기 안 나오기에 걱정돼서. 정말 무슨 일 없는 거 맞지?"

엄마 말에 화가 불쑥불쑥 나는 요즘의 일을 말할까 고민하다가 포기했다.

'엄마한테 기대고 싶지 않아….'

"네, 정말 없어요. 그냥 좀…. 귀찮았을 뿐이에요"

엄마는 날 걱정하는 눈초리로 쳐다보며 방을 나갔고, 나는 10분 뒤 입맛 없는 채로 밥을 먹었다. 그 일을 계기로 엄마와 나 사이는 점점 서먹해졌다.

엄마와 약간 서먹해진 채로 2개월이 흘러 개학 날이 다가왔다. 정말 약간 서먹해졌을 뿐이라서 일상생활에 지장은 없었다. 오히려 지금 내 일상에 지장이 가는 것은…. 새로운 학교에서 길 찾기랄까. 1학년 3반이 대체 어디 있는지 모르겠다. 아니, 3층엔 있을 줄 알았는데 어디 있는 거지? 한참을 헤매던 나는 5층에서 1학년 3반을 발견하고 안으로 들어섰다.

"……"

새로운 학교, 새로운 반에서 맞은 정적, 이렇게 조용할 리가 없는데? 같은 초등학교에서 붙은 아이들도 있을 텐데. 이 정적은 뭐지. 교탁에 앉아있던 선생님 말씀에 분위기를 납득할 수밖에 없었다.

"왔니? 반가워. 칠판에 붙어 있는 번호순으로 앉으면 된다."

안 그래도 익숙하지 않은 학교에 번호순이라니…. 당연히 조용해질 수밖에 없다. 정적에 갇혀있기 몇 분, 종이 울렸다. 수업이 시작되나 했건만 선생님은 그제야 소개를 했다.

"안녕, 애들아! 선생님은 강윤채 선생님이고, 과학 선생님이야. 앞으로 3반 담임선생님으로서 잘 부탁할게."

막혀있던 정적이 좀 트이는 듯했다.

"중학교는 처음이라서 어색한 부분도 많고, 힘든 부분도 있을 거야. 그래도 잘 극복해보자. 중학교는 천천히 적응하고, 혹시 선생님께 질문 있는 사람?"

외향적인 아이들 몇몇이 손을 들고 질문하기 시작했다.

"선생님 몇 살이세요?"

"첫사랑 있으세요?"

"과학 선생님이면 과학 잘 알아요?"

"교사 몇 년 했어요?"

개중에는 당연한 질문이나 엉뚱한 질문도 속해있었지만, 윤채 선생님은 지지 않는다는 듯 웃으며 모두 답변해주었다. 나도 손을 번쩍 들었다.

"선생님 예뻐요!"

"그래?"

내 말에 선생님은 고맙다면서 웃으셨고, 그 모습은 정말 내가 남자였다면 반하지 않았을까.

"어? 곧 종 치겠다."

선생님 말씀이 끝나자마자 종이 울렸고, 선생님은 1교시 때 다시 보자고 말하곤 나가셨다.

"야, 미지현! 너 나랑 같은 반이야? 아 진짜 다행이다~!"

"야야, 우리 송수찬 보러 가자. 걔 반에서 친한 애 없댔 잖아."

"헐, 가희! 나 보러 와줬어?"

몇몇 아이들은 미처 알아보지 못했던 초등학교 친구를 찾았고, 몇몇 아이들은 친한 친구를 보러 갔으며, 몇몇은 친한 친구를 보러 왔다. 나 또한 내 친구들을 찾아갈까 고 민하다가 그냥 귀찮아져서 반 안에 있는 아이들에서 말을 걸어보기로 했다. 반을 이리저리 돌아다니며 반과 아이들 을 관찰하던 나에게 한 아이가 눈에 띄었고, 나는 주저 없 이 그 아이에게 다가가 말을 걸었다.

"안녕?"

"어, 어…?! 안녕…."

아이는 내가 말을 걸자 놀라면서 대꾸했다.

"너는 친한 친구 없어? 왜 혼자 있어?"

"아, 친구들이랑 반을 못 붙어서…. 찾아가기도 좀 그래 서. 그냥 반에 있었어."

"오…. 그렇구나…."

'귀찮아서 안 가는 게 아니라 뭔가 좀 그래서 안 간다 라….'

왠지 나와 성격이 잘 맞는 건 아닌 것 같다는 느낌이 들었지만, 이왕 반에 와서 처음 말을 건 아이이니만큼 친해질 작정으로 아이에게 계속 말을 걸었다.

"나는 문서화라고 해. 너는 이름이 뭐야?"

"서화? 이름 되게 예쁘다…. 나는 김채안이라고 해."

함께 웃었다. 중학교 친구 중 몇몇은 평생 간다고 했나, 나와 채안이가 평생 갈 것 같진 않았지만 그래도 중학교 생활하는 동안은 친하게 지낼 수 있을 것 같았다.

"그래, 채안아. 앞으로도 잘 부탁해. 친하게 지내자!"

2달이 지났다. 윤채 쌤과도 많이 친해졌고, 아이들의 이름도 전부 외웠다. 아, 참고로 선생님들을 어떻게 불러야 할지 고민하다가 선생님들의 이름도 외울 겸 선생님들 이름에 쌤을 붙이기로 하였다. 이름을 외워서 그런가 다른 쌤들과도 나름 친해졌고, 무작정 어려울 줄만 알았던 중학교 공부는 생각보다 할 만해 순탄한 중학교 생활이었다

"채안!"

"응?"

채안이와는 등하교를 같이하면서 더욱 친해졌다. 채안이의 첫인상은 그렇게 좋지 않았지만, 채안이와 이야기를 나

242

누다 보니 생각보다 나와 맞는 점이 많다는 걸 알게 되었
다. 우선 채안이는 약속 시간에 늦는 사람을 싫어했으며, 타
인의 호의를 당연시하는 사람을 싫어했다. 나 또한 마찬가
지였고 우리는 가치관이 비슷했다. 그래서 난 거부감 없이
채안이를 받아들이게 됐다.

"얼른 나와!"

"어어…! 얼른 갈게"

우리는 지금 음악실에 갈 준비를 하고 있으며 음악선생
님이신 이수 쌤은 내가 좋아하는 들 중 한 분이셨다. 이수
쌤은 학생들에게 친절했으며, 놀 땐 놀고, 공부할 땐 확실히
하는 쌤이었다. 공과 사가 확실한 쌤. 너무 좋았다.

"야, 얼른 나와. 불 끈다?"

전우혁. 우리 3반의 회장이며 우리 반이 이동 수업을 할
때 불 끄기를 담당해준다. 개인적으로 평소엔 마음에 안 들
지만, 반장 노릇을 확실히 할 때는 마음에 들었다.

"아~ 거참, 엄청 재촉하네."

나는 전우현이 하는 재촉에 채안이를 챙겨서 나와 음악
실로 갔다. 전우혁이 같이 가자고 어쩌고 말을 하는 것 같
았지만 딱히 내 알 바는 아니었다.

"안녕~"

음악실에 들어서니 이수 쌤이 웃으면서 반겨주셨다. 아직 우리의 이름을 외우진 못하신 것 같지만, 이해할 수 있었다. 1학년 전체를 맡으시니 말이다.

"그러니까…. 서안이랑 채화였나?"

우리의 이름을 기억하려 노력하시는 것도 나에겐 마음에 드는 요소 중 하나였다.

"서화랑 채안이요. 언제 외우실 거예요?"

나는 짓궂게 웃으면서 답해드렸다.

"선생님이 실수 좀 할 수도 있지 뭐. 자리에 앉아라, 곧 수업 시작이다."

음악실의 자리도 번호순이었지만 학기 초와 다르게 이젠 번호순이어도 괜찮았다. 내 뒷자리가 나와 친한 아이이기 때문이다.

"야, 박건영! 오늘 급식 뭐냐?"

박건영. 서로 시비를 주고받는 사이다. 사실 친구라기보단 원수에 가까울 수도 있겠지만 이렇게 살갑게 대화를 나눌 수 있는 친구라도 있는 게 어디인가? 학기 초에 비하면 장족의 발전이었다.

"알 바?"

말을 좀 짜증 나게 하긴 하지만 이 자식이랑 가끔 티키

타카가 맞을 때 얼마나 재밌는지 모른다. 어쩌면 박건영이랑 친구로 있는 건 그 가끔 나오는 티키타카 때문일지도 모른다.

"에휴, 니가 그럼 그렇지. 모르는 걸로 안다?"

"누가 모른대? 오늘 불고기랑 미역국, 바나나 나오거든?"

도발 한 번이면 넘어올 거면서 사족이 많다. 처음부터 알려주면 좋을 텐데.

"너···. 왜 그렇게 기분 나쁘게 웃냐?"

내가 박건영의 직설적이지 못한 면이 왠지 중학생다워서 웃으니, 또 왜 웃냐면서 시비 아닌 시비를 걸어온다. 난 이번에도 그냥 씨익 웃고 넘겼다. 그러니 박건영이 웃고 넘기지 말라며 작게 짜증을 내니 이수 쌤이 박건영에게 조용히 하라며 경고를 줬다. 그 광경이 꼴좋기도 하고 더 웃겨서 고개를 숙인 채 키킥 웃으니 박건영이 분한 듯이 나를 째려보았다.

'뭐. 뭐 어쩔 건데.'

내가 입 모양으로 말하자 박건영이 짜증 나는지 온갖 인상을 찌푸려대는 꼴은 정말이지 마음에 들었다. 기분 좋게 음악 시간이 끝났다.

하교.. 채안이가 나보다 집이 가까워 작별 인사를 하고 나면 내 시간이 찾아온다.

'하… 오늘은 또 어떻게 시간을 보낼까.'

개학 전에 굳었던 엄마와의 관계는 풀릴 기미가 보이지 않았다. 내가 안 풀려는 건지 엄마가 안 풀려는 건지 모르겠다. 엄마를 살갑게 대하는 게 살짝 꺼려진다는 거였다. 물론. 5시에 학원이 있으니 그때까지 숙제하며 버티면 되겠지만, 문제는 거실로 나올 때마다 묘한 어색함이 날 불편하게 한다는 점이다. 그걸 풀기에는 뭐가 문제인지도 몰라 답답한 상태이고, 그냥 살갑게 엄마를 대하기에는 또다시 마음속 무언가가 올라오려 한다. 이 답답한 상황을 어떡하면 좋을지 참 난감하다.

'일단…. 뭐든 열심히 살아봐야지.'

빠져나오려는 한숨을 억제하며 집으로 향했다.

여름방학이 끝나고 운동회가 다가왔다. 여름방학은 어떻게 보냈냐고? 그건 물어보지 말아줬으면 한다. 집에 있는 게 어색해서 거의 학원, 집 잠깐, 놀기를 반복했으니까. 놀아봤자 채안이나 옛 초등학교 친구들이랑 노는 것이었으니 그냥 학원에서 있던 것이나 다름없다. 그래도 방학이라고 도중에 가족이 다 함께 놀러 가긴 했으나, 거의 친동생인 서정이랑만 같이 있었던 것 같다. 엄마와의 이 관계를 어떻게 해결해야 할지 고민해봤지만, 답이 나오지 않아 막막했다. 중학교 3학년이 되기 전까지는 풀고 싶은 마음이었다.

"자자, 집중!"

2학기가 되면서 나는 우리 반 부회장이 됐다. 반장을 하고 싶은 마음은 없어서 부회장에 지원했건만, 회장 지원자가 없어서 전우혁이 연임을 하게 되었다. 이럴 거면 회장으로 나갈 걸 하는 후회가 조금 들었으나, 전우혁이 1학기 때 얼마나 많은 일을 했는지 알고 있었기에 후회는 오래가지 않았다.

"우리 학급회의 할 거고, 진행은 부회장인 나 문서화가 맡는다."

"회장이 왜 진행 안 해요?"

"회장이 나보다 글씨가 예뻐서."

"왜 부회장 됐어요?"

"당신들이 뽑았으니까···."

이런 장난 가득하고 난장판인 반에 회장을 맡았다면 내 정신은 이미 날아갔을 것이다. 왠지 새삼 전우혁이 대단하게 느껴졌다.

"자, 그래서 잡담은 여기까지 하고. 운동회 종목 뭐 나갈 건지 정하는 시간이니까, 희망하는 종목에 손들어 주세요."

종목 배분이 끝난 뒤 회의가 막을 내렸다.

"자 학급 회의 끝났으니 종례할게요. 일단 학급 회의에서 고생해준 회장이랑 부회장에게 박수!"

진행을 마치고 나니 능숙하게 아이들을 다루는 윤채 쌤이 진짜 대단했고, 교사는 아무니 하는 게 아니구나 싶은 생각이 들었다.

"모두 조심히 다니고, 가정통신문 내일까지 안 낸 사람 내고…. 그럼 종례 끝!"

"안녕히 계세요!!"

하교할 때 아이들의 목소리가 가장 우렁찼다. 나는 종례를 끝마친다는 쌤의 말에 바로 채안이에게 가 칭얼댔다.

"아~ 채안아~ 너무 힘들었어…. 애들 왜 이렇게 떠드는 거냐고~"

채안이는 고생했다고 말해주며 살짝 껴안아 주었고 나는 그런 채안이의 위로가 좋았다.

"진짜 너무 좋다…. 이 맛에 친구 사귀지."

육성으로 튀어나온 내 말에 채안이와 내가 동시에 미소 지었고, 그걸 지켜보던 윤채 쌤도 흐뭇하게 웃으셨다.

운동회 날이 되었다. 아이들은 웬일로 지각 한 명도 없이 반에 모였고, 모두 귀여운 마리오 옷을 입고 있었다. 날씨가 덥지 않을까 걱정했지만, 다행히도 날씨는 적당히 선선했고, 그야말로 운동회 하기 딱 좋은 날씨였다. 우리 반은 전우혁을 따라 운동장으로 이동했다. 교장 선생님의 말씀과 몇 번의 형식 절차 이후 운동회는 막을 열었다.

운동회 중반, 현재 상황을 말하자면 굉장히 좋았다. 우리 반에 체육 잘하는 애들이 모이기라도 한 건지 현재 진행한 4종목 중에서 1등 한 개, 2등 한 개, 3등 두 개였다. 1등이 50점이고 5등까지 점수를 준다고 하였으니 우리 반이 현재 150점인 셈이었다. 지금 5반이 120점으로 추격 중이긴 하지만, 남녀계주 달리기에서 30점 차이로 한 번 이상 지지 않으면 역전이 불가능한 점수였다. 여자계주에는 내가 있으니 적어도 10점 차이일 것이다. 나는 이 말을 위해 달리기를 꾸준히 연습했으니까. 남자팀에는 박건영이 에이스라는데 사실 잘 모르겠다. 평소 나랑 추격전 할 때 나도 잘 못 잡던 애가 에이스? 만약 여기서 박건영이 활약한다면 평소에 날 봐주었다는 얘기가 되는데 그건 좀 나름대로 분할 것 같다. 여자팀 계주를 먼저 진행한다고 했으니 준비나 해놔야지.

"1학년 여자계주, 준비해주세요."

왔다. 나는 설렘과 긴장으로 뒤덮인 몸을 이끌고 운동장으로 향했다. 그런 나에게 다가온 채안이가 말했다

"서화야, 우리 잘해보자!"

아, 채안이도 여자계주였다. 채안이는 얌전하게 생겨서 운동을 못할 거라 여겼던 생각이 잘못된 거였다. 채안이는 평온한 얼굴로 50m를 8초 안에 달려서 1등급을 가져갔다. 뭐 그래도 7초대인 나를 넘진 못했지만 말이다. 나는 약간 뿌듯함을 가지며 채안이의 말에 밝게 대꾸했다.

"당연하지, 김채안. 우리 둘 다 최고로 잘할 거고, 난 너보다 더 잘할 거야."

내 말에 채안이는 예쁘게 웃으며 되받아쳤다.

"그럼 난 서화보다 잘해야겠다!"

5분 뒤, 모든 준비가 끝났고 나는 마지막 자리에 서서 침을 삼켰다.

"준비… 시작!"

1번 주자인 채안이는 물 만난 물고기처럼 질주했고, 단번에 1등을 차지했다. 나는 속으로 기뻐하며 주먹을 꽉 쥐었다. 2번 주자… 3번 주자… 1등과 3등 사이를 오락가락하며 달리고 있었다. 나는 준비를 했고, 내 옆에는 5반 마지

250

막 주자가 있었다. 다행히 우리 반이 먼저 도착했다. 그 뒤로 5반, 1반이 내 뒤를 바짝 따라붙었다. 나는 뒤도 돌아보지 않고 전속력으로 달리기 시작했다. 점점 격차가 벌려지는 것 같더니 우리 반 아이들의 함성이 들리는 것 같았다. 결승선이 코앞이었다. 조금만 더, 조금만 더…!

"꺄아아악!!!!"

여자아이들의 높은 함성 소리가 나고 3초 뒤에서야 난 멈출 수 있었다. 이겼다. 1등이었다. 1등은 3반, 2등은 5반, 3등은 1반이었다. 200점 : 160점. 남자계주에서 4등 차이로 지지 않는 이상은 1등이 확정인 점수였다. 나는 우리 반 자리로 가 의기양양하게 박건영에게 말했다.

"야, 지고 오면 죽는다."

"죽일 순 있고?"

박건영이 얄밉게 대꾸했으나 그냥 지금 기분이 좋았다. 그렇게 30분이 지났나. 3학년 여자계주가 끝나고 남자계주가 돌아왔다. 박건영이 1등 하고 온다면서 자신만만한 채로 나갔고, 나는 코웃음 치며 그런 박건영을 관전할 뿐이었다.

"준비… 시작! 탕!

남자계주가 시작됐고, 박건영은 마지막 주자였다. 에이

스라는 말이 틀린 건 아니었는 듯했다. 1번 주자는 아쉽게도 2등으로 바통을 넘겨주었다. 1등이 5반이라서 그런지 더욱 아쉬웠다. 2번 주자는 살짝 느린 편이었는지 4반에게 2등을 빼앗겨 3등이 되어버렸다.

'이러면 안 되는데….'

나는 살짝 다리를 떨기 시작했고, 그런 마음을 감추기 위해 더욱 열심히 응원하였다. 그리고 3번, 3번 주자는 4반을 역전하는가 했지만 아쉽게도 역전하지 못하였고. 격차를 좁힌 채로 마지막 4번 주자, 박건영에게 바통을 넘겨주었다. 사실 이 시점에서 조금 기대감을 놓긴 하였다. 해봤자 2등일 것 같았고, 1등인 5반과의 격차는 꽤 벌어져 있었으니 말이다. 1등은 이미 불가할 것 같았고 박건영이 2등이라도 해준다면 그걸로 만족할 것 같았다. 3등을 유지하기만 해도 일단 우리 반은 1등일 테니.

'남자계주는 3등으로 만족인가….'

바통이 넘겨진 채 달리는 박건영을 보았고, 나는 서서히 경악의 얼굴로 물들었다. 박건영은 3등에서 2등을 빠르게 제치고, 2등에서 1등에게로 달려가고 있었기 때문이다. 나는 설마 하면서도 응원에 열을 올렸다.

"박건영, 가자!!!"

그때 박건영이 날 본 것 같은 건 기분 탓이었을까. 왠지 모르게 느껴진 이상한 기분에 잠시 벙찐 사이 누군가 외쳤다.

"야, 역전당하면 안 돼!!"

아마 5반 아이의 외침일 것이다. 반 우승은 이제 상관없었다. 그냥 서로를 이기고 싶은 승부욕이 들끓었을 뿐. 5초 뒤 5반 아이와 박건영이 같이 결승선을 통과하였다.

"아아악!!"

누군가의 아쉬움 가득한 탄성이 들렸고, 나는 숨죽여 결과를 기다렸다. 모든 선수가 들어온 뒤, 심판이 뜸을 들이다 말했다.

"1학년 계주 결과를 말하겠습니다. 5등 1반, 4등⋯."

"5등부터 말하는 건 너무 피 말리는 거 아니냐?"

누군가 내 속마음을 정확히 말했다. 2등 발표 시간.

"2등⋯ 5반, 1등 3반!"

발표에 약간의 정적 뒤 우리 반의 함성이 몰아쳤다.

"우와아아아아악!!!!!"

흥분을 주체할 수 없던 나는 운동장에 남아있던 박건영에게 달려가 박건영을 있는 힘껏 껴안았다.

"니가 짱이다. 박건영!!!"

물론 껴안고 나서 이거 좀 그림이 이상한 게 아닌가 하는 생각이 들었지만, 나를 시작으로 반 아이들이 몰려와서 박건영을 안았으므로 그리 이상하게 보이지는 않았다. 다행이라고 생각하는 마음과 동시에 마음속 무언가 몽글몽글한 감정이 싹트였다. 내가 뭔지 모를 이상한 감정에 휩싸일 때 운동회는 막을 내렸다.

일주일 후, 나는 박건영이 뭔가 신경 쓰이기 시작했다. 왠지 모르게 박건영을 눈으로 좇고, 걔의 행동 하나하나를 관찰했다. 수업 시간에도 뒷자리에서 걔를 뚫어져라 쳐다보게 되었는데, 우연히 눈이 마주치면 얼굴에 열이 오르고, 뇌에도 심장 박동이 느껴질 정도로 거세게 뛰어 어쩔 줄을 몰랐다. 불길한 예감이 들었다. 설마하니 내가 그 녀석을 좋아하는 건 아닌가 하는 불쾌한 직감 말이다. 백번 양보해서 걔를 좋아한다고 해도, 그 녀석이랑 알콩달콩 사귄다는 게 상상이 안 됐으므로, 나는 이 말도 안 되는 예감을 지우기 위해 걔를 더 심하게 놀리고, 악랄하게 갈구기 시작했다. 나랑 걔는 그저 친구라는 걸 내 뇌에 새기기 위해서. 물론 걔가 진심으로 싫어하는 듯한 모습도 보였지만, 나에게는 되레 싫어하는 게 더 나을 것 같았다.

이틀 후 나는 고민에 빠졌다. 그렇게 심하게 괴롭히고 갈구면서 개의 꼴사나운 모습을 많이 보았는데, 그 모습을 보고도 불길한 직감은 꺼질 생각을 하지 않았다. 나는 결국 채안이에게 도움을 요청해보기로 했다. 내 치부를 드러내는 느낌이라 썩 유쾌하진 않았지만, 지금은 제삼자의 시선이 필요했다. 과연 내 직감이 사실인지. 너무나도 부정하고 싶지만 긍정하고픈 마음이 드문드문 드는 이 이중적인 상황을 결판내고 싶었다.

점심시간.

"채안아, 나랑 얘기 좀 하자."

"뭔데?"

심각한 내 어조에 채안이 덩달아 진지해져 내 말을 받아쳤고, 나는 그런 채안이의 물음에 답하지 않고 채안이를 운동장으로 끌고 나갔다.

"어, 어디 가는 거야?"

채안이는 순순히 끌려오면서도 궁금해했고, 운동장을 돌기 시작하면서 이야기를 시작했다.

"후…. 그, 친구 이야기인데…."

나는 친구 이야기라고 포장하며 여태 내게 있었던 일을 채안이에게 간략하게 말해주었다. 운동회에서 같은 반 남자애가 달리는 걸 보고 뭔가 걔가 신경 쓰이기 시작했는데, 하필 같은 반이라 자꾸 그 아이를 예의주시하게 된다고. 짓궂은 장난을 쳐봐도 마음이 계속 일렁이는 듯한 기분이 드는데, 이 감정을 어떡하면 해결할 수 있을지 고민이라고.

"너는 이런 감정을 어떻게 생각해?"

"……"

조금의 정적 뒤 채안이가 웃었다.

"큽, 하하.… 하하하!!"

뭔가를 말할 줄 알았던 채안이가 시원하게 웃어댔다. 나는 내 나름대로 큰 결심을 하고 말한 건데 웃기만 하니 짜증이 났다. 투덜대듯 되물었다.

"웃겨?"

채안이가 약간의 웃음을 거두고, 나를 귀엽게 보는 듯한 기분 나쁜 표정을 지었다.

"후…. 아, 잘 웃었다. 어떻게 해결하면 좋을지, 나는 이 감정을 어떻게 생각하는지 알려달라고?"

"그래, 친구가 많이 고민이거든."

"하하학!"

내 말에 채안이는 더 크게 웃고선,

"설마 진짜 몰라서 물어보는 건 아니지? 그냥 현실 부정이

256

잖아 그거, 나도 서화 너가 건영이 좋아하는 거 알겠던데."

쿠궁!

마음에 돌이 떨어지는 것 같았다. 애써 친구 이야기로 포장해본 것이 들켰다는 놀람과 부정해왔던 감정이 제삼자의 시선에서 사랑이란 이름으로 확정되었을 때의 기분, 나는 그 상태로 굳어지고 말았다.

"…서화야?"

내가 걷는 걸 멈추자 뒤따라 걷던 채안이가 당황하며,

"왜 그래? 아, 혹시 너라는 거 비밀이었어?"

이 와중에 잘못 짚고 허둥대는 채안이도 퍽 웃겼다.

"하하…"

나는 한숨 섞인 웃음을 토했다.

"아니, 그 문제가 아니라… 내가 그렇게 티 났나 해서."

"아냐! 많이 티 안 났어. 내가 눈치가 빠른 편이라 그래."

"그래?"

"응응! 그리고…."

채안이가 말하다가 갑자기 말을 멈췄다.

"그리고 뭐?"

내가 말을 재촉하자

"아니, 그리고 건영이도 마음 좀 있는 거 같다고…"

건영이도 마음 좀 있는 거 같다고. 채안이의 말이 돌림 노래처럼 뇌에 맴돌았다. 그 말을 온종일 생각하느라 남은 수업은 거의 듣지를 못했다. 정신 차려보니 하교 시간.

"서화야 가자!"

"어어?! 어, 어….”

"너 왜 그래? 너 설마 내가 말한 건ㅇ…"

나는 채안이 입을 잽싸게 틀어막았다. 학교를 빠져나와 입을 풀면서 말했다.

"그걸 그렇게 대놓고 언급하면 어떡해!"

"어? 내 잘못이야 이거…?"

당황스러워하는 채안이를 보며 한숨을 쉬었다.

"정확히는 아닌데… 어떻게 보면 맞지. 너가 말한 말 때문에 내가 넋이 나갔으니까."

"내 말에? 건영이도 너 좋아하는 거 같다는 거?"

"그래 그거!!"

내 격렬한 반응에 채안이는 싱긋 웃고선, 뭐가 문제냐는 듯이 덧붙였다.

"근데 그게 왜? 그럼 사귀면 되잖아?"

"그게 그렇게 쉬운 줄 알아? 걔랑 사귀는 게 상상이 안 된다고….”

"흠… 서화 너 나름 조심하는 애였구나?"

"뭐? 나를 뭐로 본 거야."

내가 피식 웃자 채안이도 따라 웃었다.

"뭐… 내 촉이 틀린 걸 수도 있고, 결정은 네 선택이지."

"그치… 개랑 사귀냐 마냐는 뭐, 내 결정이니까."

채안이와 헤어지고, 깊은 한숨을 내쉬었다.

"하… 갑자기 뭔 사랑이냐… 그것도 박건영이랑."

개 이름을 중얼거리는 것만으로도 심장이 요동치는 느낌이었다. 사랑에 시달리는 정신적 피로가 공부하는 것보다 심하다.

1월 초, 방학식 날이 다가왔다. 오늘은 반 배정이 적혀있는 프린트를 나눠주는 날이다. 시간이 4개월이나 지난 만큼, 나는 이제 내가 박건영을 좋아한다는 사실을 인정했다. 박건영과 같은 반이 되고 싶었지만 사귀고 싶은 마음은 없었다. 개랑 사귀는 모습은 상상이 안 됐으니까. 그냥 먼발치에서 바라보다가 시간이 되면 마음이 사그라지길 바랄 뿐이었다.

"프린트 나눠 줄게~ 반은 뒤 페이지에 잘 찾으면 있어."

'나는 몇 반이지?'

나는 빠르게 종이를 뒤적거리며 내가 몇 반인지를 찾아 냈다. 2-F반.

"채안 몇 반?"

"나 C반. 너는?"

"F."

"아… 안 붙었네."

아쉽게도 채안이와는 같은 반이 되지 못했다. 그렇지만 이게 내 최대 관심사는 아니었다. 나는 박건영과 아이들이 하는 말에 귀를 기울였다.

"니 몇 반?"

"B반"

"미쳤네. 다 쪼개진 거 아니냐?"

박건영이 중심인 무리는 큭큭 대면서 반 배정에 대한 얘기를 나누었고, 난 그들의 대화에서 박건영의 반을 알 수 있었다.

"그래도 박건영이랑 나는 F반이라서 붙지롱~"

'앗싸…!'

나는 속으로 쾌재를 불렀다. 박건영과 같은 반이다. 행복했다. 내가 실실 웃고 있었는지 채안이가 나한테 왜 그리 웃느냐고 물었고, 나는 귓속말로 답했다. 채안이는 나를 또 귀엽다는 듯이 보더니 잘됐다고 했다. 전부터 채안이가 계속 나를 어린애 취급하는 것 같아 별로였지만 지금은 기분이 좋았으므로 그냥 넘어갔다.

　개학 날이 다가왔다. 엄마와의 관계를 좀 낫게 해 보려고 했지만 잘 되진 않았다. 박건영은 좀 안 보다 보니까 좋아하는 마음이 사그라진 듯했다. 2학년 반에는 초등학교 때 친했던 친구가 있어서 1학년 때처럼 반이 서먹서먹할 것 같지는 않으나, 박건영이 조금 걱정이었다. 방학 때처럼 마음이 잔잔하면 좋으련만 그게 쉽게 될지 모르겠다.
　아, 조금의 희소식이 있었다. 내가 엄마한테 짜증을 냈던 이유가 추측된 것이다. 사춘기가 온 것 같았다. 늦은 사춘기. 이유를 알았다고 해서 엄마와 내 관계가 예전처럼 좋게 돌아가는 둥, 순식간에 일이 해결되진 않았다. 나는 조금 씁쓸한 기분을 느끼며 채안이랑 같이 등교를 해서 반을 찾았다.
　2학년 1반. 뒷문을 열고 1학년 때보단 당당히 반으로 들어서며 앉아계시는 선생님께 인사했다.
　"안녕하세요~"
　동시에 박건영과 눈이 마주쳤다. 방학을 보내며 잿더미

만 남은 채 사그라진 줄 알았던 감정이, 성냥이라도 그은 듯 다시 타오르기 시작했다. 심장의 떨림을 가라앉히며 간신히 자리에 앉았고, 새로운 2학년 담임선생님의 말이 시작됐다.

"안녕? 1반을 맡게 된 역사 선생님, 정순규라고 한다. 앞으로 같이 1년 잘 지내보자."

담임쌤은 순규 쌤, 나이는 40대 초처럼 보였다. 순규 쌤은 조회를 진행한다며 일정이나 시간표 등등을 설명하신 것 같았는데, 내 귀엔 잘 들리지 않았다. 내 정신은 오로지 박건영에게 쏠려 있었기에. 이게 무슨 한심한 꼴인가 싶었지만, 슬프게도 내 눈은 걔가 뭘 하기만 하면 반사적으로 걔를 좇았다. 결과적으로 나는, 개학 날을 날려 먹었다.

'문서화, 이 한심한 것아….'

4월, 한 달이나 지난 만큼 반 애들은 제법 친해졌고, 무리도 몇 개가 형성되어 있었다. 나는 초등학교 때 친했던 여자애들과 무리가 되었다. 남자애들, 특히 박건영의 무리와도 친해졌다. 난 그닥 친해지고 싶지 않았지만, 우리 무리의 여자애랑 걔 무리의 남자애가 소꿉친구라 친해질 수밖에 없었다. 우리들은 점심시간 진실게임을 하자는 이야기가 나왔다. 나는 점심을 빠르게 먹고 슬그머니 도망치려 했지만, 여자애들한테 잡히고 말았다. 꼼짝없이 박건영과의 진실게임을 시작하게 되었다.

5분 뒤, 아직까진 별문제 없는 시시콜콜한 질문들만 오가고 있었다. 진실게임 하면 흔히들 떠올리는 반에서 좋아하는 사람 있냐, 사귀는 사람 있냐, 뭐 그런 질문들 말이다. 나에게도 몇 번 그런 질문이 들어왔지만, 나는 없다고 말하고서 슬그머니 박건영의 눈을 피했다. 그 순간 얼굴을 약간 찡그리던 개 모습을 보았다면 착각이었을까. 5분 동안이나 끈질기게 안 걸리던 개가 걸렸다. 질문할 기회를 가진 남자애가 환호성을 질렀고, 눈을 빛내며 질문했다.

"너 이거 거짓말치면 안 된다?"

"당연한 얘기를…."

대체 얼마나 대단한 질문을 할 생각이기에…. 쓸데없는 말이 많았다. 10초 정도 지났나?

"우리 반에서 좋아하는 사람 있냐?"

"응."

"아, 아니긴 뭐가 아니, 뭐?"

남자애는 개가 아니라는 대답을 할 줄 알았는지 거의 반사적으로 말이 튀어나왔지만, 뜻밖에도 개 입에서 튀어나온 말은 긍정이었다.

"……"

정적이 3초 정도 이어지다 오~ 소리를 내었고, 다른 애들의 호응이 이어졌다.

"야! 뭐냐? 박건영이 좋아하는 사람? 이욜~"

대어를 낚았다며 즐거워하는 애들과는 달리 내 마음은 착잡했고 당혹스러웠다.

'좋아하는 애가 있다고? 누구?'

대체 누가…. 그때, 점심시간이 끝나는 종이 울렸고 아이들은 자리에 앉기 시작했다. 나도 자리에 가서 앉으려는데 걔가 뒤에서 나에게만 들리게 속삭였다.

"끝나고 남아줘."

걔 한 마디에 심장이 요동쳤다.

'나, 나? 왜…?!'

박건영에게는 닿지 못한 되물음이지만, 채안이의 어떤 말을 떠오르게 했다.

'건영이도 마음 좀 있는 거 같다고.'

그 말은 어쩌면 지금까지 유효한 것이 아닐까? 그 말이 사실이라면 내게 기회는 남아있는 게 아닌가? 나는 희망고문을 시작했다. 이 희망이 내게 어떤 결과로 다가올진 모르지만, 실제로 이뤄진다면 나는 그 어느 때보다 행복하겠지. 그 행복을 위해 한번 내 마음을 걸어보는 것이다.

"후…"

여러 절망과 행복이 오가는 생각을 하다 보니, 학교 따윈 순식간에 끝나 있었다. 나는 우왕좌왕하다가 우선 채안이에게 연락했다. 오늘은 같이 못 갈 것 같다고. 채안이는 알겠다고 했고, 이제 박건영만을 기다리고 있었다. 반에서 느릿느릿 가방을 싸며 기다리길 2분쯤, 걔가 남자애들에게 먼저 가라고 말하는 것이 들렸다. 잔뜩 몸이 굳은 것을, 굳지 않은 척하며 삐걱삐걱 가방을 다 싸자 걔가 말을 걸었다.

"서화야, 가방 다 챙겼어? 이제 갈까?"

이제 심장의 요동은 별거 아닌 것처럼 느껴질 정도였다. 1학년 때만 해도 상상도 못 한 일을 이젠 아무렇지 않게 상상한다니, 참 신기했다. 박건영이 날 부르는 호칭이 언제부터 서화로 바뀐 걸까? 1학년 초에는 문서화라고 했던 것 같은데…. 체육대회 때부터였나…? 잘 모르겠다. 그건 중요한 게 아닌 것 같으니까.

"응, 가자."

하굣길, 여러 희망적인 생각을 했던 것치곤 오가는 말 하나 없이 조용했다. 나는 이 정적을 견디기 힘들었고, 먼저 말을 꺼냈다.

"그… 나랑 왜 같이 가자고 한 거야?"

목소리가 사시나무처럼 떨리는 느낌이었다. 머릿속에서는 채안이의 말이 계속 되감기되며 행복한 망상을 벌이고 있었고, 내 옆에서 나란히 걷는 박건영 때문에 어디 하나에 집중할 수가 없었다.

"크흠, 그 진실게임에서 말했던 좋아하는 사람 없다는 거 진짜야?"

뜻밖에도 걔는 내게 역질문을 던졌다. 내 질문에 답을 해줬으면 했지만 일단 박건영이 질문을 했으므로 답을 해줬다.

"어, 음…."

정확히는 답을 해주려고 했지만, 쉽게 입이 떨어지지 않았다.

'내가 여기서 사실은 좋아하는 사람이 너였다고 밝혀도 되는 걸까?'

갑자기 내가 했던 희망 고문이 두려워졌다. 이게 만약 이뤄지지 않는다면, 나는 끝없는 나락으로 떨어질 텐데…. 입술을 살짝 깨물며 고민하다가 결국 입을 열었다.

'내가 뭐라도 하지 않으면, 관계는 변하지 않아. 아니, 사실 나 좋아하는 사람 있어."

박건영의 얼굴이 일순 희망과 절망으로 섞인 얼굴이었던 건 내 착각일까. 나는 숨을 한번 고르고 이어 말했다.

"그리고… 내가 좋아하는 사람은 너야, 건영아."

아, 말했다. 일순 마음속에서 걱정과 두려움 등의 감정이 휘몰아쳤지만 우습게도 가장 크게 든 감정은 후련함이었다. 내가 드디어 이 감정을 말했구나, 너에게. 그 사실 하나만으로 나는 미소 지을 수 있었다.

"내가 뜬구름 잡는 걸 수도 있지만… 어때, 너는? 너도 날 좋아해?"

이런 내 말을 들은 건영이는 믿을 수 없다는 듯 눈을 크게 뜬 채로 있다가 이내 환하게 웃었다.

"나도, 나도 너 좋아해. 많이 좋아했었고, 앞으로도 많이 좋아할 거야."

붉어진 귀로 환하게 웃으며 고백하는 개를 보자니 나도 행복이 흘러나왔고, 그렇게 우리는 마주 보고 웃으며 잊지 못할 하루를 하나 만들었다. 상상만이었던 건영이와의 연애가 현실로 다가온 것이다. 나는 이루 말할 수 없는 행복을 느끼며 건영이와 손을 맞잡았다. 영원을 꿈꾸고 싶어지는 날이었다.

여름방학이 되었다. 건영이와 내가 사귄 지 4개월. 행복한 시간이었다. 아이들이 어디서 들은 건진 모르겠지만, 사귀는 걸 다 알고 있다고 했을 때는 당황스럽긴 했지만 행복했다.

"건영아, 잘 가~"

나는 건영이를 당당히 건영이라 부를 수 있게 되었다. 건영이를 좋아하기 시작한 순간부터 이렇게 부르고 싶었다. 약 1년, 짧다면 짧고 길다면 긴 시간을 견디고 건영이라는 호칭을 얻은 것이다. 내 남친이 잘 나서 질투하는 여자애들도 있었지만 난 괜찮았다. 날 감싸주는 친구들과 채안이가 있었기에. 수업이 끝나면 행복한 기분으로 채안이와 하교했다. 건영이와 이어진 건 채안이의 지분도 있었기에 고마웠다.

나는 지금 건영이와 데이트를 끝내고 작별 인사를 하는 중이다. 사석에서 단둘이 보는 것은 거의 처음이었기에 감회가 새로웠다. 아쉬웠지만, 밤이 늦었기에 보내야만 했다. 건영이는 나를 집 앞까지 데려다주었다. 건영이는 운동을 좋아해서 달리기를 잘하는 이유가 있었다. 육상선수가 되고 싶다고. 기회가 된다면 운동선수가 되는 게 꿈이라고 했다. 그런 건영이를 보고 있자니 조금의 걱정이 든 것도 사실이었다. 나는 아직 꿈이 없었고, 이런 확고한 목표를 지닌 건영이에게 나 같은 미래 계획이 없는 아이가 괜찮을까 싶었다.

고민 끝에 공부를 해보기로 마음먹었다. 원래 꿈이 없다면 공부를 많이 해놓는 게 본전이라고 했다. 오랜만에 교과서를 꺼내고 공부를 해보려 하였으나… 아는 게 별로 없었다. 어찌 보면 당연한 일이었다. 수업 시간에 주의 깊게 듣지도 않고, 별다른 학원도 다니지 않는 나였으니, 중학교 2학년 수준의 공부를 바로 이해할 수 있을 리가 없었다. 나는 엄마와의 서먹함을 뚫고 얘기를 꺼내 보았다.

"그, 엄마….

내가 말을 거니 엄마가 놀란 얼굴로 날 쳐다보았다.

"갑자기 무슨 일이야? 너가 말을 다 걸고?"

정말 흔치 않은 일이라는 듯 반응하는 엄마에게 내가 그렇게 엄마에게 말을 건 적이 없었나 싶어 양심에 찔렸지만, 중요한 건 그게 아니었다.

"엄마, 나… 학원 보내주세요"

"뭐?"

엄마는 많이 놀란 듯 보였다. 확실히 나라도 내 딸이 갑자기 학원을 보내 달라하면 놀랄 게 당연했다.

"갑자기 왜?"

나는 머릿속으로 나름 정리해왔던 이야기를 시작했다.

"엄마도 알 테지만, 나는 꿈이 없어요. 엄마, 근데 내 주변에는 벌써 몇몇 아이들이 꿈을 정하기도 했더라고요. 명확한 꿈과 목표가 있는 아이들도 있었고, 아직은 두루뭉술하지만, 방향성만은 확실한 아이들도 있었어요. 근데 나는 그 어디에도 속하지 않아서 공부만은 잘 해봐야겠다 싶은 생각을 가지게 됐는데… 책을 펴보니까 내용이 하나도 이해가 안 되더라고요. 인제 와서 양심 없는 거 알지만…."

나는 정리해왔던 얘기를 전부 꺼냈고, 여태 내 태도를 생각한다면 엄마가 거절해도 딱히 할 말은 없었다.

"음… 그래 뭐, 이참에 가보는 것도 괜찮지."

"네?"

엄마는 내 의견을 받아주었고, 나는 중학생이 된 이래로 오랜만에 엄마를 안았다.

"얘가 왜 이래?"

"고마워요, 엄마. 이런 딸인데도 감싸줘서."

엄마는 나를 말없이 쓰다듬어주었다.

8월, 나는 수학과 영어 학원에 다니게 되었다. 나머지는 최대한 수업 시간에 듣는 것으로 합의했고, 내 삶은 차츰 차츰 바빠지기 시작했다. 학교가 끝나고, 바로 학원으로 향했으며 끝나고는 집에 와서 자습을 했다. 내 꿈을 찾기 위한 노력도 가리지 않았다. 진로 체험 같은 것이 있으면 곧장 신청해보았고, 1학년 때 한 진로 적성검사를 곧장 활용했다. 결과는 수행에서부터 확실히 눈에 띄게 변화를 일으키기 시작했다. 수학 수행을 딱히 공부하거나 연습하지 않아도 술술 풀린다거나, 주위 선생님들이 수행 성적이 올랐다고 칭찬해주시거나 하는 것들이다. 이런 성취감에 나도 재미를 느끼기 시작해 공부를 더욱 열심히 했다. 그만큼 친구들과의 교류나 건영이와의 연락도 조금씩 뜸해지기 시작했지만 이해해줄 거라고 믿었다.

12월, 기말고사가 일주일 남았다. 나는 얼마 남지 않은 기말고사에 유례없이 떨려 하는 중이다. 내가 가장 준비를 열심히 했던 기말고사여서 그런가, 여느 때보다 훨씬 긴장되었다. 너무 긴장하진 않도록 페이스 유지에도 신경을 썼다. 그때쯤 건영이에게서 연락이 왔다. 내가 공부를 시작한 뒤로는 대부분의 연락이 건영이의 연락으로 시작했기에 나는 대수롭지 않게 연락을 확인했다. 근데 내용이 왠지 예사롭지 않았다.

'서화야 할 얘기 있어.'

뭐지? 내가 무언가 잘못한 것일까? 하던 공부도 내려놓고, 후다닥 폰을 잡아 답장했다.

'무슨 얘기? 뭐 중요한 얘기야? 뭐든 말해봐. 해결해줄게.'

읽었다는 표시는 바로 떴지만, 답장은 한참 뒤에야 왔다.

'요즘 우리가 연락을 많이 한다고 생각해?'

엇! 무언의 불길함이 몰려왔다. 아니겠지. 설마 아니겠지. 나는 계속 부정하며 건영이의 말에 빠르게 대답했다.

'음… 전보다는 아니지만 그래도 많이 하지? 너가 말을 많이 걸어 주잖아. ㅎㅎ'

아니야…. 아니겠지….

해맑게 답장을 하였지만 속은 전혀 그렇지 못했다. 나는 입술을 깨물며 계속 연락했다.

'건영이 너한테는 고마운 게 진짜 많아. 언제나 고마워'

내 톡이 보내진 후 10분, 얼마나 고민했을지 눈에 보이는 문자가 도착했다.

'서화야. 난 이제 너한테 고마워하는 말을 듣고 싶지 않아. 공부 때문에 바쁘다곤 하지만 내가 보기엔 그냥 마음이

식은 것 같아. 난 너랑 이 관계를 더 이상 이어 나가고 싶지
않아. 그만하자. 서화야.'

쿵!

심장이 땅으로 떨어지는 기분이었다. 그 말만은 아닐 거
라 믿었던 말이 내 눈앞에 보일 때, 사람은 얼마나 절망적
으로 될까.

"네가⋯ 운동선수 되는 게 꿈이라기에 나도 자극받아서
열심히 한 건데⋯."

얘기하고 싶었다. 난 아직도 네가 좋다고 너한테 걸맞은
사람이 되고 싶어서 열심히 하고 있었다고. 내가 잘못한 게
있다면 고치겠다고. 그 말을 하기 위해 건영이와 대화를 이
어 나가는 게 무서웠다. 만약 건영이가 나에게 지친 게 아
니라 내가 싫어진 거라면? 난 지친 것과 싫어진 것의 미묘
한 차이를 견딜 자신이 없었다.

눈시울이 뜨거워졌다. 지금 하는 공부들이 다 부질없게
느껴졌다. 난, 뭘 위해 공부를 했던 것인가. 책을 바닥에 내
팽개치고 침대에 누웠다가 이불을 머리끝까지 뒤집어썼다.
눈물이 흘렀다. 소리 없이 오래도록. 그날의 배게 자국만이
내 눈물을 기억할 것이다.

273

기말이 끝났다. 나는 결국 기말을 거의 망쳤다. 원래 목표는 평균 80점이었다. 노력을 기울였으니.

기말 시험지를 받고 문제 하나하나를 풀 때마다 뭣 하러 공부한 건지, 왜 공부한 건지 자괴감이 들어 답안지에 마킹조차 못하고 넘어간 문제가 많았다. 평균 40점. 영어와 수학조차도 60점대였다.

엄마는 고생했다고 나를 달래주긴 했으나 나는 들었다. 학원을 보냈는데도 60점이면 공부 머리가 없는 거 아니냐고 중얼거렸던 것을. 엄마가 학원에 보내줬던 것이 내가 공부 머리가 없다는 걸 입증하기 위해서가 아니었을까 하는 생각마저 들었다. 나와 엄마의 마음 거리는 또다시 멀어져 갔다.

전환점

임수진

"내일까지 임시 반장에게 자기소개서 제출하도록. 이상 종례 끝."

3월 새 학기. 끝이 없을 것 같던 겨울방학이 끝나고 중학교 3학년이 되었다. 중1부터 봐오던 익숙한 얼굴들, 익숙한 학교 구조이기에 설레는 새 학기라는 느낌은 들지 않는다. 굳이 만들어보자면 새로 전출 오신 우리 담임선생님밖에 없는 듯하다.

"이채연, 너 장래 희망 뭐 쓸 거냐."

신유나. 초딩 때부터 유일한 단짝이자 작년 전교 1등이라는 타이틀과 좋은 사교성을 지닌 친구. 넓은 친구 관계와 매년 반장을 도맡아 한 그야말로 엄친딸. 이번에도 당연히 임시 반장에 자원했다. 인정하긴 싫지만 나와 완전히 다른 삶을 사는 애다.

"그냥 비워두려고."

너는? 이라는 질문을 하지 않았다. 유나는 항상 판사가 될 거라고 말했다.

"내가 판사가 된다면 부도덕한 일부 판사들과 다르게 오직 사건에 집중하며 올바른 판결을 하는 판사가 될 거야."

유나가 확신에 찬 곧은 눈빛으로 얘기할 때마다 가슴 안쪽에서 무언가 울렁거리며 요동을 쳤다. 부러움과 열등감. 그 두 단어로 설명할 수 있었다. 자신의 꿈에 확신을 갖고 노력하는 유나가 부러웠고, 나와 대비되는 유나의 모습에 일그러진 열등감이 차올랐다. 노력도 하지 않으면서 이런 생각이 들었다는 사실에 나 자신이 너무나 실망스러웠다. 무엇 하나 확신을 갖지 못한 채, 고작 자기소개서 장래 희망 칸도 못 채우는 내 모습이 부끄러웠다. 나 자신이 너무 초라하게 느껴져 얼른 가방을 챙겨 엄마가 빨리 오라 했다고 둘러대며 교실을 빠져나왔다.

결국 장래 희망을 적지 못하고 자기소개서를 제출했다.

"채연인 장래 희망 칸이 비어 있네? 아직 고민 중인 거니?"

"딱히 되고 싶은 걸 모르겠어요."

애매모호하게 대답을 하자 선생님은 나의 자기소개서를 다시 한번 훑어보시고는,

"가장 좋아하는 과목이 국어네? 혹시 이유가 있을까?"

별다른 이유가 없었다.

"그냥 글이 재밌어서요."

어렸을 땐 도서관에서 온종일 만화책을 읽는 게 최고로 재밌었다. 부모님이 생일 선물로 핸드폰을 사준 초4 때 웹소설이란 것을 알아버렸다. 그때부터 지금까지 꾸준히 웹소설을 보는 게 내 유일한 취미가 되었다. 소설이란 소설은 다 관심 있게 읽는 탓에 국어 교과서에 나오는 소설을 볼 때는 지루한 수업 시간이 유일하게 즐거웠다. 내가 좋아하는 주제의 글을 끄적일 때면 상상 속에서 내가 원하는 세계가 펼쳐지는 느낌이 들어서 즐거웠다.

"채연이는 작가가 되고 싶다는 생각은 해 본 적 없니?"

선생님의 말씀에 움찔했다. 한때 그런 생각을 해 본 적이 있었다. 뭐하나 특별히 잘하는 게 없는 내가 작가라니. 그런 건 유나같이 재능있는 사람들이나 쓰는 거지, 나 같은 사람은 불가능할 것이다.

"전 좋아하는 것뿐이지 잘하지 못해요."

기어들어 가는 목소리로 얘기하자 선생님은 핸드폰으로 무엇을 찾는 듯했다.

"채연아, 너 자신을 낮추지 마. 뭐든 도전해보기 전까진 모르는 일이야. 만약 실패한다고 하더라도 끊임없이 도전하는 자세가 더 중요한 거야."

선생님은 다정하게 말씀하시며 핸드폰 화면을 내미셨다.

"이번에 주최하는 웹소설 공모전이야. 한번 도전해보는 게 어떠니?"

한 달 뒤에 열리는 웹소설 공모전 포스터였다. 화면을 확인하고 고갤 드는 순간 선생님과 눈이 마주쳤다. '너는 할 수 있을 거라'는 애정이 듬뿍 담긴 눈빛을 마주하자 마음이 요동쳤다. 특별히 뛰어난 게 없는 내가 할 수 있을까. 내가 잘 해낼 수 있을까. 순간 머릿속에 한 가지 생각이 들어찼다. 유나처럼 되고 싶다. 어디서든 반짝반짝 빛나는 유나처럼. 부모님이 나를 자랑스러워하고 남들한테 인정받는 삶. 나도 한번 해 보고 싶다. 정말로.

"저 할게요. 하고 싶어요."

굳게 마음먹은 듯한 내 표정에 선생님은 인자한 미소를 지으셨다.

나의 전환점이다.

"정말 수고했어. 채연아."

한 달간, 선생님과 같이 여러 번 수정하며 공모전 마감 하루 전 겨우 완성하여 메일 전송 버튼을 눌렀다. 한 달간 한 가지에만 집중하고 그 노력의 결과물을 완성하니 후련함과 뿌듯함이 몰려왔다. 나도 할 수 있는 사람이었구나. 당선도 아닌 고작 원고를 보낸 것뿐이지만, 옆에 선생님이 계신다는 사실도 잊은 채 웃음이 실실 새어 나왔다.

"어때 채연아, 포기하지 않고 도전하면 안 되는 건 없지?"

이제서야 선생님의 말씀을 모두 인정하게 됐다. 포기하지 않고 끊임없이 도전한다면 안 되는 건 없단 것을. 선생님께 감사 인사를 남기고 불이 꺼진 학교를 빠져나왔다. 해가 어스름하게 져버린 저녁 하늘과 선선한 봄바람을 맞으니 왠지 가슴이 간질거렸다.

카톡!

핸드폰에서 메시지 알림음이 울렸다.

'한 달 동안 공모전 준비하느라 수고했어. 채연아!'

유나였다. 기분이 왠지 묘했다. 나에게 목표를 심게 한 친구에게 수고했다는 말을 들으니 가슴 안쪽에서 무언가가 넘실거리고 짜릿했다. 내가 해냈다는 걸 인정받는 기분이라서.

띠디딕_

현관문을 열고 들어가자 눈앞에서 펑 소리와 함께 컴페티가 흩날렸다.

"우리 딸 수고했어.~!"

평소라면 회사에 있을 부모님인데 오늘은 내 앞에서 활짝 웃고 계신다. 중학교 입학 후로 의욕 없이 변해버린 내 모습에, 부모님이 나를 향해 환하게 웃어주신 적이 없어 저 미소를 까먹고 있었다.

아무도 땅굴로 들어가라 재촉한 적도 권유한 적도 없었지만, 나 혼자 판단하고 행동한 잘못된 방향으로 인해, 점점 어둡고 척척한 땅굴을 깊숙이 파고들었다. 이제는 날 이끌어준 길잡이에 의해 땅굴을 벗어나 새 생명들이 돋아나는 넓은 들판으로 나온 나 자신을 당당히 바라볼 수 있게 되었다.

띠링-

이채연 작가님, 20XX년 웹소설 공모전 당선을 축하드립니다!

인연

구민서

중학생이 되고 처음으로 전학을 가게 되었다. ○○중학교에 다니게 되어 교무실에 갔더니 반갑게 환영해 주었다. 나는 선생님을 따라 반에 갔다. 반 아이들에게 나를 간단히 소개하고 자리에 앉았다.

쉬는 시간,

"야, 너 취미가 뭐야?"

"난 게임 좋아해."

"오, 같이 피시방 가자, 나 완전 잘함 ㅋㅋ."

"다음에 하자. 오늘은 좀 바빠서."

"알았어."

학교가 끝나고 집에 가는데 같은 반 서현이라는 애가 다가왔다.

"야, 너 집 방향 어디야?"

"나 이 방향으로 가."

"비슷하네. 같이 가자."

"뭐 그러자….""

"너는 여친 있냐?"

"없다….""

"그래?"

"이쪽으로 갈게 잘 가."

"잘 가. 내일 봐."

일주일이 지나 어느 정도 애들이랑 친해지고 학교생활도
익숙해질 때 어떤 일이 생겼다.

"여기야."

"알아서 갈게."

"오늘 무슨 날인지 알지?"

"음….""

"야, 우리 사귄 지 100일이잖아."

잠이 확 깼다.

어, 씨, 꿈이네! 근데 왜 나랑 서현이랑 같이 놀이공원 갔
고, 사귄 거는 또 뭔데.

그날 학교.

"야, 뭐하냐? 폰해?ㅋㅋ"

"아니⋯. 폰 걸잖아."

"야, 나 꿈에서 너 나옴."

"어? 꿈 내용 뭔데."

"비밀. ㅋ"

"야, 뭐냐. 이게 궁금하게. 현기증 나 죽겠다."

학교가 끝나고,

"오늘 네 집 갈래. 상관없지?"

"아니 갑자기 왜? 싫어 내 방 더러워."

"남자애들 방이 거기서 거기지 뭐. ㅋㅋ 간다. ㅋㅋ"

"뭐 그래라."

어휴 쟤는 참⋯

"실례하겠습니다. 집 넓네! 혼자 사냐?"

"부모님 다 외출해서 그래."

"네 방 어디냐."

"2층."

"알았어. 들어감. 이 정도면 깨끗하네."

3시간이 지나고 서현이가 집에 간 후 나는 밤새워서 애들이랑 게임을 하다 잤다.

다음 날 학교에서 이상한 소문이 생겼다.

"야, 너희 둘이 사귐? 누가 너희 집 같이 들어갔다고 말하던데?"

"얘가 집 놀러 온 거는 맞지만 사귀는 건 아니야. 그거 헛소문이야."

요즘 따라 친하지 않은 여자애가 이상하다. 하나라는 애인데 서현이랑 대화할 때마다 느끼지만 뭔가 대화를 끊는 거 같다. 심증이지만.

"야, 매점 가자."

"알았어."

"끝나고 피시방이나?"

"귀찮아. 숙제는 언제 하게. ㅋㅋ"

"밤에 하면 돼. ㅋㅋ"

"피시방 갈 테니 네가 사라. ㅋ"

"오키."

친구와 매점에서 간식을 사고 교실로 올라가는데 싸우는 소리가 들려 황급히 교실로 들어갔다. 서현이랑 하나가 싸우고 있었다. 나는 빨리 둘을 말렸고 서현이의 말을 듣고 놀랐다. 갑자기 하나가 시현이한테 시비를 걸었다고 했다. 남자 꼬시는 나쁜…. 이런 식으로 말해서 서현이가 한

마디 했는데, 하나가 적반하장으로 나오자 서현이가 화나서 상황이 커졌단다.

나는 상황을 어떻게든 풀어야 해서 밤새워 고민했다. 다음 날. 그냥 얘기하면 불리하니 차근차근 증거를 모았다. 학교에서 무작정 말하면 애들이 몰릴 게 분명하니 조용히 학교 끝나고 서현이와 하나를 불렀다. 나는 그동안 모은 증거와 내가 본 것을 더해 그냥 사과하라 했다.

"친구끼리 싸워서 뭐가 좋냐? 그냥 친하게 지내."

하나는 울면서 서현이에게 사과했다.

편안히 학교 다닐 줄 알았지만 서현이는 맨날 귀찮게 했다. 어느 날 갑자기 서현이가 물었다.

"너 저번에 꿈 내용 그거 뭐야?"

난 그냥 별거 아니라 했지만, 너무 귀찮게 해서 알려주었다.

"허허 진짜? 내가 너랑 사귀었어? 꿈에서? 흠… 좋은 걸. ㅋㅋ"

"어휴 구라 그만 쳐라."

"잉, 아닌데. ㅋㅋ"

"그런 김에 내일 놀자. 놀이공원 갈까? 뭐 할래?"

"그냥 자다가 껨할래."

"맞기 전에 말해. ㅎㅎ"

"놀이공원이나 가자."

"ㅇㅋ, 딴말하지 마. ㅋㅋ"

'어쩌다가 내가 서현이랑 롯데월드에 왔는지 알 수가 없지만 뭐 그래도 재밌네! ㅋㅋ'

우리가 갔던 날은 다행히 사람이 별로 없어 편안하게 탈 수 있어서 좋았다. 놀이기구를 타고 나와 츄러스 먹고 음료수도 마시다가 사진도 찍고 보니 어느덧 밤이 되었다. 슬슬 폐장 시간이 다가와 놀이공원 나오기 전에 회전목마 앞에서 한마디 했다.

"사귀자."

서현이는 얼굴이 빨개졌다. 은근히 귀여웠다. 처음 볼 때와 지금이 똑같지만 다르다. 그만큼 얘가 좋아진 거겠지. ㅋㅋ.

"그래 사귀자, 나랑."

그날로 사귀게 되었다. 아직도 신기하고 이상하다. 그래도 좋긴 좋다.

검은 정장

김나현

검은 밤, 창밖은 온통 색의 파티장이었다. 여러 색의 조명이 제각각 원하는 방향을 비추면, 사람들은 매번 그 방향을 기어코 따라 섰다. 밝은 색상의 옷을 입은 사람들이 뛰어갔다. 그들은 대체로 어렸다. 뒤를 따르는 이들은 검은 옷을 입었고, 대체로 나이 들었다. 가로등에 짓눌린 색상은 검은색이었다.

아아, 대체로 그렇다는 거다.

대체로.

나는 하얀색이다. 아무것도 묻지 않은 하얀색이다. 그들과 나는 다른 존재라는 거지. 아빠가 검은 정장을 입었다. 아빠도 다른 나이 든 사람들처럼 평범한 검은색이다. 아빠는 검은 액자 속 엄마를 한 번 쓰다듬었다.

"엄마는 원래 무슨 색이었어? 아빠처럼 검은색이었을까? 아니면 나처럼 하얀색이었을까?"

아빠는 아무런 대답이 없었다. 가끔 아빠는 엄마에 관한 질문에 침묵하고는 했다. 괜찮았다. 엄마와 다르게 아빠는 내가 죽을 때까지 곁을 떠날 일이 없을 것이고, 그러니 엄마에 관한 질문의 답은 굳이 필요 없었다. 딱히 이유는 없지만, 그냥 막연하게 믿는다. 아빠는 나를 힐끔 보더니, 넥타이를 고쳐맸다. 현관문을 덜컹 열었던 아빠가 무언가를 회상했다.

"엄마는 원래 하얀색이었어. 속은 거멓게 타올랐던 하얀색이었다지."

"참나. 속이 거멓게 타오른 하얀색은 또 어딨다는 거야."

아빠가 얕은 주름을 찡그리며 웃었다. 자세히 볼 때마다 느끼는 거지만, 요즘 아빠의 웃음은 이상하다. 웃을 때면 예전에 없던 얕은 주름이 찡그려지고, 뜨문뜨문 희던 머리카락이 머리를 다 덮을 정도로 희었다. 걸음걸이는 훨씬 느려졌으며, 숨은 새액새액 목구멍이 쑤시는 듯 버거워했다. 버거운 숨이 한숨처럼 털어져 나올 때면 나는 아빠를 똑바로 보지 못했다. 지금도 그랬다. 엄마와 비슷한 숨을 들은 후로, 나는 아빠가 현관을 나갈 때까지 아빠를 보지 못했다. 똑바로 마주한 아빠가 무슨 표정으로 있을지 감히 예상할 수 없었기 때문이리라.

학교로 갔다. 아이들은 가지각색이었다. 검은색의 아이

들은 거의 없었고, 대부분 각자만의 색을 가지고 있었다. 하얀색은 흔해 빠진 색들과는 달랐다. 나만이, 나만이 가진 색이다. 하얀색은 유일무이해. 나만이 가지고 있잖아.

아이들은 말한다. 마다하는 것에는 이유가 있다지. 나는 아이들의 말에 동의하지 않는다. 하얀색은, 아무것도 모르는 하얀색은 마다할 이유가 없는걸. 빨강, 초록, 분홍 가지각색의 색으로 눈을 간지럽히는 아이들은 한숨을 푹푹 쉬어댄다. 한숨은 우리 아빠가 많이 쉬는데. 아이들은 자주 검은 정장을 입은 검은색 어른을 흉내 냈다. 막 스무 살 언저리 말고, 정말 어른. 정말 어른의 뜻은 나도 모른다. 다만 엄마는 자주 어린 내게 말하고는 했다.

"언젠가 네가 어른이 되는 것을 보고 싶어."

"하지만 엄마, 나는 어른까지 되려면 열 한 살은 더 먹어야 하는걸요."

"아니야. 나이로 세는 어른 말고, 네가 정말로 어른이 되는 날이 있을 거야."

엄마는 그 말을 하며 웃었던가, 울었던가. 오직 기억이 나는 건 그때 엄마의 다정한 입꼬리가 잔뜩 흔들렸다는 것이었다. 그 말을 들은 지도 벌써 칠 년은 지났으니, 기억이 안 날 만도 했다. 엄마는 그 말만큼 자주 내 머리카락을 다정하게 쓸어 넘겼다. 아빠가 늘 집을 비우며 일을 나갈 적에 엄마는 나를 키우느라 온갖 고생을 다 했기 때문에 손바닥부터 손가락까지 투박하지 않은 구석이 없었다. 내 머리카락을 쓸어 넘기는 엄마의 손은 늘 버석버석했다.

"엄마는… 우리 딸이, 아주 천천히 어른이 되었으면 해. 네가 어른이 되었다는 것도 모를 정도로 천천히."

어른이 되는 건 두려워할 일은 아니었지만, 그렇다고 동경할 만한 일도 아니었다. 적어도 엄마의 말은 내게 그런 의미였다. 아이들은 말부터 행동까지 어른을 흉내 내기 위해 꾸며냈다. 마치 검은 옷을 입은 어른들을 동경하기라도 하는 것처럼. 그들은 마구잡이로 자신의 색을 섞었다.

그렇게 하면 검은색이 될 줄 아나 보지. 한두 가지 색으로 만들 수 없는 색이야, 그건. 나는 그들이 이해되지 않았는데, 아이들은 되레 내가 이상하다는 듯 굴었다. 매번 나를 이해하지 못하겠다는 듯 손가락을 쭉 뻗었다. 그 손가락의 끝이 내 하얀색에 닿았다.

"그러는 너는 도대체 하얀색이 왜 좋은 거야? 색만 만나면 변하는 변덕스러운 것을."

"닿지 않으면 되잖아. 닿지 않은 하얀색은 언제나 유일무이해."

"기어코 유지하던 하얀색인 너도 언젠가 무너질 거야."

친구들은 혀를 찼다. 나는 문득 궁금해졌다. 만약 내가 기어코 유지하던 하얀색이 언젠가 무너진다면, 과연 하얀색 위로 무너진 색은 무엇일까. 생각에 한참 허우적대는 동안 수업은 시작되었다. 검은색의 선생님이 반에 들어오고, 다들 자리에 앉았다. 각자의 색을 바꾸기 급급하던 아이들이 눈동자를 선생님에게 고정시켰다. 아이들은 자신의 색을 선생님의 색과 비교했다.

"애들아, 오늘은 한 명씩 발표하기로 했지?"

아이들은 눈동자를 굴렸다. 아이들의 눈동자가 향한 곳은 다름 아닌 연한 검은색의 아이였다. 학생 중 검은색의 아이는 우리 학교에서 다섯 손가락에 꼽힐 정도로 적었고, 그중 하나가 영어 발표자로 지목받은 아이였다. 아이는 거짓 한 점 없이 당당하게 선생님을 똑바로 보았다. 확실히 동경할 만한 태도였으나, 어쩐지 아이가 안에 하얀색을 감추고 있다는 생각이 들었다. 들춰내면 될 하얀색을 꾸역꾸역 삼키고 있는 듯이 연한 검은색.

"그래, 너부터 나와보렴."

아이는 고개를 끄덕이며 검은 글씨가 빼곡히 적힌 하얀 종이를 들고 나갔다. 아이는 빼곡한 글씨를 읽기 시작했

291

다. 한 줌의 시선도 밖으로 옮기지 않고 검은 글씨를 읽어 내렸다.

"비가 온다. 길다."

알아듣지 못할 영어만 반복하는 연한 검은색의 아이에게서 들을 수 있는 말은 그 두 마디가 다였다. 우레와 같은 박수 소리가 터져 나왔다. 색들의 환호였다. 결국 나는 주체 못 하고 작게 웃음을 터트렸다.

"비가 온다, 길다. 이것밖에 알아듣지 못한 주제에."

몇몇 아이들의 사나운 눈초리가 쏘아 붙었다.

"조용히 해. 이 지저분한 하얀색아."

하얀색이 지저분하다니, 말도 안 된다. 코웃음을 픽하고 흘린 나는 고개를 휙 돌렸다. 아이들이 그렇게 똑똑함을 흉내 내도 진정한 어른이란 다른 건데. 지저분하다는 한마디로 상처받지 않는다. 그렇게 말해도 난 못 알아들을 검은색 한 점 없는 하얀색이니까.

나는 엎드렸다. 아이들의 여러 가지 색이 눈앞에 아른거렸으나, 개의치 않고 졸음이 몰려왔다. 어젯밤, 아빠가 유난히 늦어서 잠에 늦게 들었기 때문이다. 아빠가 늦은 이유는 모르겠으나, 아빠에게서 엄마와 비슷한 냄새가 났다. 나는 엄마의 향만 맡아도 기겁하는 사람이었기에 후회했다. 기다리지 말걸, 하고. 역한 냄새가 아직도 코끝을 진동시키는 듯했다. 깊게 생각하지 않으려고 필사적으로 눈을 감았다. 어느새 눈은 끔뻑끔뻑 감기고 잠이 몰려왔다. 선생님은 날 깨우지 않았다. 엄마를 잃은 불쌍한 아이라서, 엄마가 죽은 불쌍한 딸이라서. 그래서 그랬다. 가끔은 그런 시선이 미치도록 지겹다가도, 그냥 익숙해진다. 동정 어린 시선에, 화내 줄 엄마가 없는 것에. 끝끝내 잠에서 깨어난 건 반장의 목소리 덕분이었다.

"집에 가야 해. 일어나. 학교는 자러 오냐?"

말끝이 항상 날카롭지만, 매번 나를 깨워주는 건 우리 반반장이었다. 그녀는 자기 일에 꽤 성실했다. 하얀색인 나를 보며 매번 혀를 차기는 해도 동정하지는 않았다. 누군가를 향한 우레와 같은 박수의 일부분이 되긴 하지만 동경 어린 시선을 보내지는 않았다. 그런 반장이 꽤 맘에 들었다. 모두가 그런 반장 같다면 참 좋을 텐데.

"잘 가."

새침하게 인사한 반장이 고개를 휙 돌리고 자리를 떠났다. 나 또한 학교에서 벗어나고 싶은 마음은 같았기에 별다른 말 없이 학교를 벗어났다. 집에 도착했을 때는 어두웠다. 거멓게 물든 사방, 신호가 아직 있다는 듯 반짝이는 전화기 불빛. 불이 꺼진 집 안은 고요했다. 나는 시야가 검은 것은 별로 좋아하지 않는 편이었다. 늘 그래왔기에 지겹기도 하고, 엄마가 했던 말 때문이었다. 엄마는 눈을 감을 때까지 중얼거렸다.

"눈앞에 검은 것이 싫어. 그래서 기필코 눈을 뜨고 있을 거야."

그래서였을까. 엄마는 죽을 때도 눈을 제대로 감지 못한 채였다. 눈을 감으면 사방이 시꺼멓게 물들었을 테니까. 그러나 엄마는 그즈음 후회하고 있었을지도 모른다. 차라리 편하게 눈을 감고 죽을 걸, 그럼 이렇게 눈이 아프지는 않았을 텐데. 엄마는 눈을 뜨고 죽어서 눈이 매우 아팠는지 내 꿈에서 자주 울다가 갔다.

'그러게, 그러게. 눈을 감고 죽지. 거먼 것을 올곧게 응시해보지.'

가끔 엄마가 한없이 작아 보일 때가 있었는데, 그때가 그랬다. 검은 것을 절대 똑바로 바라볼 수 없어서 피하던 태도부터, 검은 밤이 무섭다며 울던 엄마. 그럴 때면 겁이 났음에도 불이 꺼진 병실 복도에서 어둠을 대신 노려봐야 했던 나. 나는 그래서 검은색이 무서웠다. 검은색은 늘 나를 혼자로 만들거든.

하필 왜 엄마가 떠오를까. 왜 하필이면 아빠는 오늘도 늦을까. 나는 불을 켜지 못하고 전화기 앞에 서 있었다. 엄마, 엄마, 엄마. 손톱을 이로 딱딱 뜯는 소리와 입술이 부르튼 채 뜯기는 소리가 엄마의 마지막과 함께 몰려왔다. 생각하기 싫었다. 나는 눈을 뜬 엄마가 싫었으니까, 겁쟁이 같은 엄마가 미웠으니까. 내게 검은색의 옷을 입힌 엄마는 사과도 없었다. 나는 엄마가 떠난 며칠간 검은색 옷을 입은 채 무거운 발걸음으로 커다란 하얀 꽃 앞에 서야 했다. 기억은 점점 엄마가 검은색을 입힌 것부터 검은색에 앓던 마음으로 옮아왔다. 이제 없는 엄마는 내게 검은색을 입힐 리가 없다고 안심해도 좋았다. 그러나 띠링띠링 울리는 저 전화 소리부터, 차마 불을 켜지 못한 손가락이 까딱이는 소리까지, 이 모든 게 불길한 이유는 어째서일까.

누군가 내 곁에서 불안해하지 않아도 된다고, 아무것도 아닐 거라고 말해주지 않는 이유는 또 까. 무이한 하얀색을 어쩌다 한번 물들여도 된다고, 그래도 너는 무이하다고. 왜 아무도 말해주지 않을까.

수많은 물음이 입가를 스치고, 잠깐의 조소가 입 끝에 날이 되어 어딘가를 도려냈다. 울컥 서러움도 북받쳐오지만, 다행히도 나는 어둠에서 덤덤할 줄 아는 아이였다. 나는 한

번 검은색을 입었던 사람이었고, 그 한 번으로. 그래, 그 한 번으로 더러워지지 않은 하얀색이니까. 아직 나의 하얀색은 절대 검은색과 섞이지 않았다. 결국 엄마의 검은색은 아빠가 가지고 가기로 했으니까.

"여보세요."

덤덤한 목소리로 전화를 받자, 누군가가 목소리 내기를 망설였다.

"…혹시 가족 중에 다른 어른은 없나요?"

"네, 없는데요."

이런 것을 왜 물어보지? 엄마가 죽던 날도 이랬다. 어둠 속에 공포가 치밀어올랐다. 무서움에 전화기를 꽉 쥔 손가락이 발발 떨렸다.

"그게, 밤바다 병원인데요. 김석운 씨가 쓰러지…"

"갈게요."

딱히 들었던 생각은 없다. 비가 내렸고, 무작정 달렸으며 결국 도착했다. 머리 위로 쏟아지는 빗물이 차가워서 숨은 뜨거웠다. 뛰는 동안 들었던 생각은 가까워서 다행이다, 그뿐이었다. 아빠 병실에 다다르자 익숙한 역한 냄새가 몰려왔다. 며칠 전에 맡았던 냄새였다. 문이 열리고 누워서 엄마와 비슷한 숨을 내쉬는 아빠가 보였다.

"아빠, 왜 말 안 했어?"

태연한 목소리가 벌벌 떨렸다. 그제서야 잊으려던 불안감이 미치도록 몰려왔고, 엄마의 마지막이 자꾸만 눈가에 맴돌았다.

"엄마가 어떻게 죽었는지 잊었어?"

엄마의 고통은 한참 전부터 있었는데, 돈 아끼랴 시간 아끼랴 병원을 가지 않았다. 때문에, 치료 시기를 놓쳐 쓰러지고 말았다. 그런데 아빠까지 병원을 가지 않고 버티다가 쓰러져서는 실려 오다니.

'엄마, 아프면 병원을 가요.'

'엄마가 남는 게 시간밖에 없는데, 뭐라도 해야지. 그래야 네게 길이 되지.'

과도한 가사 일과 스트레스는 엄마의 몸에 커다란 독이 되었고, 여러 지병을 껴안았다. 언젠가 해결할 수 없을 정도로 지병이 심해졌을 때, 검은 병실에서 엄마가 발버둥을 쳤을 때. 나는 그게 살고 싶음이었을지 죽고 싶음이었을지 잘 몰랐다. 그저 채워지지 않은 입을 열고 우는 엄마 옆에서, 검은색을 대신 짊어지는 아빠 옆에서 그들 대신 웃어주었다. 하얀색은 울 수 없다는 이유로. 나는 아빠를 봤다. 아빠의 눈꼬리에 그렁그렁 매달린 눈물부터 미세하게 떨리는 아빠의 입꼬리는 너무나도 익숙한 것이었다.

"내가, 내가, 아빠는 엄마가 죽고 약속했잖아. 아프면 병원 가기로, 가서 치료받기로."

아빠는 별말이 없었다. 나도 알고 있었고, 아빠도 아마 알고 있을 것이다. 우리는 돈이 없고 시간도 없으며 넉넉지 않다는 것을. 그런 이유로 나는 아빠의 시간까지 뺏어가며 번 돈으로 내 시간을 살아갈 생각도, 자신도 없었다. 나는 밤이 되어 검은색이 된 병원을 탓해야 한다. 그래, 검은색을. 그렇지 않고서야 누구를 탓해야 할지 가슴이 먹먹해서 견딜 수 없을 테니까. 아빠는 나를 빤히 보더니 자리에서 힘겹게 일어섰다. 내가 아무리 달려왔어도 늦은 모양이었는지, 아빠는 걸음이 느렸다. 엄마의 꽃을 보러 갈 때보다 더. 아직도 문 앞에 서 있는 내게 다다른 아빠는 내 긴 머리카락을 거친 손으로 쓰다듬었다. 미숙한 손길이 덜컥 다정했다. 산책이나 하자는 듯이 밖으로 걸어 나갔다. 시원한 병원 산책로로 도착해서야 나는 입을 열었다.

"그래도, 엄마가 쓰다듬는 게 더 다정한 것 같아."

"아빠도 그렇게 생각해."

상처받으라고 한 말이었건만, 아빠는 담담하게 답했다.

298

그리고는 허공만 보다가 가로등의 조명으로 눈길을 옮겼다. 조명이 쏟아져 내렸다. 아빠는 가로등 조명 빛을 긴 숨이라도 되는 양 들이마셨다. 그리고 내뱉었을 때, 늘 습관처럼 쉬는 의미 없는 한숨은 더욱 의미 없게도 길었다. 아빠는 내 옆에서 발을 맞추었다. 아빠의 걸음은 느려지지 않았고, 그다지 빨라지지도 않았다. 이따금 가로등 앞에서 멈추어 섰다.

"아빠, 왜 가로등 앞에서 멈춰?"

"엄마가 가로등이라서."

알아들을 수 없었으나, 나는 아빠의 말에 따로 의미를 묻지 않았다. 아마도 답을 들었어도 알아듣지 못했을 것이 뻔했기 때문이리라, 나는 하얀색이었으니까. 아빠도 엄마의 다정함이 그리운 걸까. 어색했던 아빠와의 간격이 조금 더 좁아진 듯했다. 어쩌면 우리는 색만 다른 동지였다. 같은 다정함을 잃었으니까. 물론 같은 상태라는 건 아니었다. 아빠는 검은색을 짊어졌고 가로등에 여러 번 멈춰 서지만, 나는 하얀색이었고 가로등의 의미 따위 모르기 때문이다. 그저 우리가 색으로서 잃는 부분이 다를 수도 있다. 어쨌거나 나는 아빠처럼 티를 내지 않았다. 그것도 사람마다 잃는 방법이 다르기 때문일까. 아니면 아빠가 나 대신 때 묻은 검은색을 모두 짊어졌기 때문일까. 물음은 끝도 없이 많아졌다. 아빠는 이 검은 밤을 걸은 지 얼마나 되었다고 점점 느려졌다. 나는 아빠를 눈에 담기 위해 노력했다. 새까만 어둠 속에서 흰 머리카락부터 자글자글한 주름, 엄마보다 투박해진 손. 치열하게 살아온 흔적이 이곳저곳 느껴지는 순간, 속에서 무언가 단단한 것이 잔뜩 부스러져 내리는 것 같았다. 아빠의 걸음걸이는 전과는 달라서, 이제 내가 맞춰야 했다.

"아빠, 아빠. 검은 정장은 언제 벗어? 머리가 다 흰색이야."

"글쎄."

아빠는 재미없는 질문에 재미없는 답을 했다. 아빠는 숨도 길게 쉬지 않았다. 그럴 시간이 없다는 듯 내 걸음에 발을 맞추느라 바쁠 뿐이었다. 아빠는 나를 떠날 리가 없다. 아빠는 나를 좋아하거든, 엄마만큼 나를 좋아하거든. 그렇지만… 엄마도 떠났잖아.

나는 힘차게 고개를 내저었다. 괜찮아, 괜찮을 거야. 혼자 되뇌며 절대 엄마처럼 허무하지 않으리라 한참 동안 내 심장을 다독였다. 조금 더 걷자, 아빠는 숨을 억누르듯 쉬었다. 아빠의 힘겨운 숨소리가 엄마의 장례식장에서 들었던 아빠의 울음소리와 비슷했다. 아까와 비슷한 결에 불안감이 몰려왔다. 작은 심장이 머리를 울리도록 뛰었고, 나는

300

입을 틀어막아야 했다. 자칫했다가는 입에서 작은 심장이 튀어나와서는 야금야금 문드러질 것만 같았기 때문이다.

'아니야. 지우자.'

기억에서 지우는 거다. 아빠는 언제까지고 내 곁에 있을 거고, 나는 걱정할 필요 없는 하얀색이기 때문이다. 하얀색은 굳이 깊게 생각할 필요 없었다. 깊게 생각할수록 번지고, 다른 색으로 변색되니까.

"아빠, 아빠는 내가 왜 좋아요?"

아빠가 인상을 찌푸리더니 어눌한 목소리로 말했다.

"네가 밝은 하얀 조명이라 좋아. 네가 내 조명이라. 너는 아주아주 새하얀 조명이란다. 가로등에 달린 어여쁜 조명이란다."

아아, 아빠에게 하얀색은 그저 때가 묻지 않은 것뿐만은 아닐지도 모른다. 가로등에 달린 어여쁜 조명을 한시도 쉬지 않고 쳐다본 아빠를, 내게서 걸음을 떼지 않으려던 아빠를, 비록 나는 이해하지 못하지만, 입체적인 사랑을 확인할 수는 있었다. 그렇다면 나는 가로등이라는 걸까. 엄마처럼 속이 거멓게 타서 하얀색을 흉내 냈다는 걸까. 설마. 설마. 난 섞이지 않은 하얀색인걸. 그러니까 난 지금처럼 언제까지나 하얀색으로 남는 게 좋을 테지. 아빠의 숨은 더더욱 거칠어져 갔다. 만면에 늘 웃음을 띠던 아빠는 조용히 입꼬리를 올리는 것마저 버거워했다. 아빠는 내게 방해가 될까봐 가로등 앞에 서지도 못했다. 혹여나 내가 아빠를 두고 갈까 봐서. 가로등을 보며 숨을 마시던 한밤중은… 그래그래. 내가 멍청했다. 다정한 시간은 늘 기약 없이 흘러가고, 평등하다는 사실을 잊을 뻔했다. 나는 그 평등함에 대처할 방법이 없었다. 그저 아빠보다 먼저 가로등 앞에 섰다. 의아해하는 아빠를 보며, 나는 환하게 웃지 못하는 검은 정장의 아빠를 대신해서 환하게 웃었다. 하얀색. 그래, 아빠의 정의를 따른 하얀 색이 되어.

"엄마가 가로등이라서."

아빠는 웃지 못했다. 울지도 못했다. 다만 구겨지지도 않는 안면을 잔뜩 무너트리며 가로등을 올려다볼 뿐이었다. 아빠는 다시 걸으려고 했다. 무언가를 직감한 사람처럼. 아빠의 걸음은 틈틈이 나타나는 가로등에도 멈춰 서지 못했다. 결국 나는 아빠의 조급하지만 느린 발걸음을 멈추기 위해, 아빠의 앙상한 팔을 잡고 하얀빛이 내리쬐는 가로등 옆 벤치에 앉았다.

"앉아있자. 아빠."

나는 벤치에 앉은 아빠의 심장에 귀를 대었다. 흰 아빠의

머리카락과는 달리, 나의 검고 긴 머리카락이 옆으로 후두
두 쏠려서 시야를 가렸다. 얕은 심장이 바닥인지, 바다인지
모를 어둠의 고요함처럼 잔잔히 고동쳤다.

"그럼 엄마는 나를 좋아했을까?"

"무지하게."

아빠는 다리가 굳기라도 한 것처럼 까닥이던 발을 더 이
상 까딱거리지 않았다. 우리 아빠가, 우리 아빠가 이제는 함
께 걸어주지 않으려는 모양이었다.

"엄마도 네가 조명이라 좋았을 거야. 가만히 있어도 밝
은 조명이라."

나는 이해할 수 있었다. 잠시 그쳤던 비는 다시금 투둑
떨어졌다. 검은 하늘에서 내린 빗물에 비친 달빛 같은 조명
은 유례없이 밝았다.

"아빠 비가 와."

"괜찮아, 소나기야. 지나가겠지."

아빠는 내게서 등을 돌리는 법이 없었다. 그저 걸음을 더
이상 옮길 수 없음이 분명했다. 엄마가 걸음을 멈춘 이후로,
쉬지 않고 까딱이던 아빠의 발은 미동도 없었다. 아빠가 발
을 더 이상 움직이지 않으니, 나도 발을 움직일 수 없었다.

"얘야, 너는 걸어야지. 너는 걸어야지."

"하지만 아빠, 나는 하얀색인걸. 때가 묻지 않은 하얀색. 소나기라고 해도, 비가 오는데 걸을 수는 없어. 때가 묻을지도 모르잖아."

잔뜩 겁에 질린 목소리가 울음기를 가득 담았다. 아빠가 바람 빠져나가는 소리를 내며 웃었다. 입꼬리가 한치도 올라가지 않은 아빠의 웃음의 의미를 나는 몰랐다. 아빠가 고요한 바람에 눈을 가물가물하게 떴다가 감았다.

검은 정장을 입은 사람들의 속은 하얗지. 그들처럼 하얀색을 꽁꽁 숨기렴. 아직은 어른이 되지 않았으니까, 너는 하얀색을 꽁꽁 숨기렴. 검은 정장을 걸치며.

아빠는 나를 하얀색으로 만들었다. 내가 어떻게 아빠의 검은색을 짊어질까. 이 긴 밤이 지나가면 아빠는 이제 그림자가 짙게 깔린 낮에 나를 놓을 터, 전처럼 누군가의 검은 그늘 따위는 기대할 수 없었다.

하얀색 위로 빗물이 툭툭 떨어졌다. 닿지 않은 하얀색은 끝없이 무이하지만, 닿아버린 하얀색은 비겁하게 도피한다. 어쩌면 엄마가 검은색을 아빠에게 선물하던 그때부터 나는 이미 닿아버린 하얀색일지도 모르겠다.

차가운 볼에 닿은 낮 뜨거운 빗물은 이제 혼자가 된 나를 비웃었다. 아니다. 빗물이 지독히도 슬픈 걸 보면, 위로

일지도 모르겠다. 사실 어느 쪽이든 간에 상관없었다. 그냥 나는 지저분한 하얀색이 싫었다. 자꾸만 숨기지 못하고 번지는 것들이 미웠다. 그것과는 별개로 검은 정장은, 검은색은, 여전히 무거웠다. 지저분한 하얀색 말고, 무이하게 아무것도 닿지 않았던 하얀색이 그리웠다.

"그럼 어른이 되면 검은 정장을 벗어도 돼?"

"그래. 언젠가 어른이 된다면."

묻고 싶었다. 그럼 아빠는 왜 어른인데도 검은 정장을 벗지 못하는 것이냐고.

그런 것들을 묻기에는… 나는 이미 아빠가 건네준 검은 정장을 걸쳐 입은 후였다.

박희주 작가 / 많이 읽기'는 작가가 되는 지름길입니다
유미애 작가 / 덕산의 천사들을 마주한 시간
최숙미 작가 / 문학은 감염이다
이종헌 시인 / 작가를 꿈꾸는 부천의 청소년들에게

에필로그

함께한 작가 선생님들

'많이 읽기'는 작가가 되는 지름길입니다

박희주 작가 선생님

이 시대는 각 방면에서 엄청난 속도로 변화하고 있습니다. 당연히 문학 시장도 예전과 다르지요. 독서 인구는 줄어들었다고 하나 문학 생산자 대열에 합류하려는 경향은 갈수록 높아지고 있습니다. 특정 세대에 국한하지도 않습니다. 매스미디어의 발달로 독서 성향도 바뀌어 책이 아닌 화면으로 작품을 대하는 경우가 많아졌습니다. 당연히 읽는 것과 쓰는 것은 시대의 요구에 따른 필수가 되었습니다.

문학이란 도대체 무엇일까요. 도대체 무엇이기에 하는 이, 하지 않는 이 모두 몸살을 앓게 될까요. 카프카는 오죽하면 삶 자체, '나는 문학이다'라고 선언했을까요. 문학이 일상이기 때문입니다. 자기 발견이고 삼라만상에 대한 자기만의 해석입니다. 낯설게 보는 것이며 자기 인생관과 세계관의 확장입니다. 그것을 통해 관찰과 즐거움을, 만족을, 감동을 만끽하는 것입니다.

2023년 경기콘텐츠진흥원의 지역서점 문화활동사업 지원사업에 선정된 원종사거리 〈은성문고〉에서 덕산중학교 학생들을 상대로 진행한 '글쓰기창작소'에서 필자는 강의를 하면서 솔직히 중학생들의 글쓰기에 대한 의외의 관심에 놀라웠습니다. 어찌 보면 현시대에 글쓰기를 한다는 것은 시대에 뒤떨어지고 낡은 유물을 만지는 행태로 보일 수도 있습니다. 그러나 강의 도중에 바라본 학생들의 진지한 눈빛에 문학은 영원히 죽지 않고 인간세계가 존재하는 한 함께할 거라는 확신이 들었습니다.

필자는 중학교 때 국어 선생님의 시 낭독에 매료되었습니다. 고등학생 때는 시인이셨던 국어 선생님의 강요로 시험지 뒷면에 어쩔 수 없이 적어내야만 했던 시 한 편이 준 칭찬 때문에 작가가 되기로 결심했습니다. 글쓰기에는 읽기가 먼저 선결되어야 합니다. 장르를 불문하고 많이 읽으십시오. 읽다가 감동받게 되면 자연스럽게 나도 써볼까? 이게 바로 작가가 되는 지름길입니다.

문학은 대상이 있음으로 해서 가능하고, 그 대상에서 자기를 발견하며 확인하는 것을 본질로 합니다. 즉 상대성의 원리가 작용하는 장르입니다. 대상을 통한 자기 발견과 확인이 문학의 본질이므로 그 본질에 충실한 작품일수록 감동은 더해집니다. 모순된 인간의 삶을 주시하고 통찰함으로써 글쓴이는 거기에서 자신을 확인하고 발견합니다.

'글쓰기창작소'에 참여하여 글을 내준 학생들에게 감사하며, 학생 시절의 좋은 추억으로 남기를 소망합니다. 의욕적으로 학생들을 이끌어주신 선생님, 고맙습니다. 이 가을의 하늘은 더욱 푸르고 높아 보입니다.

덕산의 천사들을 마주한 시간

유미애 작가 선생님

  대상이 중학생이라는 것이 좋았습니다. 문학(시)에 관심을 가지고 있다는 것 자체가 한없이 고맙기도 했고요.

  접근성이 좋은 소재와 예시들로 준비를 했지만, 성인을 대할 때와는 다른 긴장감이 있었는데요, 막상 교실에서 마주한 얼굴들은 한 편의 시처럼 아름다웠습니다. 졸린 눈을 문지르던 귀여운 친구도, 호기심 가득한 키 큰 친구도, 먼 곳의 별빛처럼 빛나는 눈망울을 하고 있었거든요. 어느새 우리는 자의식 강한 베아트리체가 되고 순수 청년 마리오가 되고 큰 시인 네루다가 되어 있었습니다.

  그 시간만큼은 모두가 세계를 사랑하는 윤동주였고, 안중근 의사였으며, 옥봉 이씨였습니다. 오히려 함께한 제게, 더 행복하고 뜻깊은 시간이었음을 고백합니다. 그렇게 웃고 슬퍼하더라도, 잠깐은 하늘을 보면 좋겠습니다. 달리다 넘어지는 순간마다 꽃잎을 흔드는 바람 소리를 기록하길 권합니다. 그러다 보면 내면과 외연의 균형을 갖춘 멋진 한 사람, 한 사람으로 성장할 것이라 믿습니다.

사실, 작품들 간의 편차가 큰 것은 맞습니다. 어설픈 작품이 있는가 하면 수준급 이상의 수작이 있어 감탄하기도 했습니다. 완성도가 높으면 좋겠지만, 투박하면 투박한 그대로 다듬고 보완하면 될 것이니 문제 될 건 없습니다. 우리는 거창한 무언가를 이루기 위함이 아닌, 많은 것을 경험하고 공감하기 위해 세상에 온 것일 테니까요.

작품 속에서 공통적으로 등장하는 것이 학교에 대한, 학업에 대한 부담이나 교우 관계, 진로 고민 등이었는데요, 돌아보면 그 시절의 저 역시 그런 두려움과 설렘을 동시에 가지고 있었던 것 같습니다. 이 또한 새로운 도전과 경험을 통해 가치관이나 세계관이 견고해지면서 자연스레 해결되리라 생각합니다.

작품을 들여다보면서 든 생각은, 이 친구들은 '무엇이든 다 해낼 수 있겠구나.'라는 안도였습니다. 자신의 부족함이나 고민거리를 직시하고, 변화시키려는 내면의 목소리와 움직임을 발견할 수 있었기 때문입니다.

아껴둔 간식이나, 직접 만든 과자를 건네주는 손은 여름밤처럼 투명했고, 메모지를 들고 탁자 앞에 서 있는 얼굴은 가을 햇살보다 맑았습니다. 원고 뭉치를 안아 들었던, 한 편씩 넘기며, 예비 작가들의 미래를 상상해보던 긴 밤들을 잊지 못할 것입니다.

모든 과정을 거쳐 탄생한 결과물은, 단순한 책 한 권에 불과하다고 생각하지 않습니다. 우리가 눈을 맞추던, 글자 속에 마음을 표현하고 그것을 읽어내던 아름다운 시간의 기록이었음을 기억하기를 바라며, 모든 참가자께 당당하게 나아가시라는 응원의 박수를 보냅니다. 고맙습니다.

문학은 감염이다

최숙미 작가 선생님

　중학생들이 자아를 발견해 가는 과정에 문학이 차지하는
비중은 크리라 본다. 핸드폰이 학생들의 문화를 휩쓴다고
는 하나, 문학에 관심을 가지는 학생들이 있다는 사실만으
로 미래세대 문학의 비전은 밝다.

　덕산중학교에서 문학 강의가 있었다. 강의를 듣는 학생
들의 눈빛이 예사롭지 않았다. 문학에 대한 관심과 꿈이 있
는 학생들이 자원했기 때문이지 않을까. 시간에 쫓기어 자
리를 뜨는 학생들도 있었지만, 문학이이라는 책갈피를 펼
쳐본 것만으로도 인생의 자양분이 되리라 본다.

　학생들이 강의를 듣고 작품을 썼다. 중학생답지 않은 창
작에 놀랐고 중학생다운 사고에 고개를 끄덕였다. 잘 쓰고
못 쓰고가 무슨 문제인가. 작품을 써서 냈다는 게 중요하다.
아낌없는 칭찬을 보낸다. 문학에 뜻을 둔 학생들에게 문운
이 활짝 열리기를 축복하며, 작품을 처음 써본 학생들도 문
학 인생을 꿈꾸어도 좋을 듯하다.

브렌다 유랜드는 〈참을 수 없는 글쓰기의 유혹〉에서 초고를 부끄러워하지 말고 무턱대고 쓰고, 형편없는 글을 쓰는 것을 두려워하지 말라고 했다. 그러려면 비판에도 두려워하지 말아야 한다. 무턱대고 쓰다 보면 초고를 고칠 만한 눈이 밝아지기 마련이다.

예술은 감염이라 했다. 문학도 감염이다. 이번 문학 강의를 들은 학생들의 작품이 책으로 나왔다. 쉬는 시간마다 같은 학교 학생들이 쓴 작품을 읽고 문학에 감염되는 학생들이 많았으면 좋겠다. 덕산중학교의 핸드폰 문화가 문학에 밀려나는 날을 기대해도 되려나.

작가를 꿈꾸는 부천의 청소년들에게

이종헌 시인 (콩나물신문 발행인)

　지난여름 우연히 부천의 중학생들과 만날 기회가 있었다. 불과 1시간 남짓의 짧은 만남이었기에 이것저것 하고 싶은 말이 많아서 횡설수설하다 보니 그때 내가 무슨 말을 했는지 정확히 기억나지는 않지만, 그래도 다른 어떤 강의 때보다도 많은 이야기를 하고 돌아온 것만은 확실하다.

　학생들은 대개 글쓰기에 관심이 있거나 심지어 전업 작가를 꿈꾸는 작가 지망생도 있었으므로 지역의 꽤 괜찮은 신문사 대표이자 유명 작가를 사칭한 내 말에 기꺼이 귀를 기울여주었다.

　나는 먼저 작가가 되기 위해 갖추어야 할 기본 조건에 관해 얘기했다. 첫째는 고양이나 강아지를 한두 마리 이상은 길러야 작가가 될 자격이 있다고 했다. 비둘기도 사랑해야 한다고 했다. 요즘 아파트 단지 곳곳에는 공공연하게 '고양이 밥 주지 마세요' '비둘기 모이 주지 마세요'라는 살벌한 문구가 붙어 있는데, 그런 생각에 동조하는 사람은 미안한 얘기지만 작가가 되면 안 된다고 했다. 그러면서 나와 함께 '비둘기 모이주기 운동'에 동참할 사람은 손들어보라고 했더니, 안타깝게도 아무도 손드는 이가 없었다.

둘째는 돈을 벌기 위해 작가가 되려는 생각을 갖고 있다면 일찌감치 포기하고 딴 길을 찾아보라고 했다. 내가 너무 어린 학생들 기를 꺾어놓은 것은 아닌지 살짝 미안한 마음이 들기도 했으나 전업 작가로서 어렵게 생활하는 사람들을 많이 알고 있는 나로서는 결코 가서는 안 될 길을 가라고 권할 수는 없었다. 대신 다른 공부를 열심히 해서 그 분야의 전문가가 된 후 글쓰기는 그때 가서 해도 늦지 않다고 했다. 물론 젊은 나이에 베스트셀러 저자가 되어 돈과 명예를 거머쥔 작가들도 있기는 하나 다른 분야에 진출해 성공하는 것보다 훨씬 확률이 떨어짐을 잊어서는 안 된다고도 했다. (이것은 순전히 개인적인 느낌으로 말한 것이지 어떤 객관적인 자료에 의한 것이 아니라는 사실을 밝혀둔다)

학생들에게 수주 변영로 선생을 아느냐고 물었다. 간혹 들어봤다는 아이들도 있었으나 대개는 잘 모르는 눈치였다. 나는 수주 변영로 선생이 나와 같은 중절모를 즐겨 쓰고 다녔던 부천 출신의 지조 있는 시인이요, 언론인이라고 소개했다. 기미독립선언서를 영문으로 번역해 전 세계에 알리는 일을 했고, 1936년, 동아일보가 발행하던 여성잡지 ≪신가정≫ 편집장으로 근무할 때, 손기정 선수의 일장기 말소 사건으로 해직된 경력도 있다고 했다.

펄벅 여사에 대해서도 물었더니 역시나 잘 모르는 눈치였다. 나는 펄벅이 1938년 소설 ≪대지≫를 비롯한 일련의 중국 소설로 노벨문학상을 수상했으며, 이후 평생을 유색인, 여성, 고아 등을 위해 헌신한 인권운동가요, 사회운동가라고 소개했다. 특히 펄벅이 1967년, 지금의 심곡동 펄벅기념관 자리에 세운 '소사희망원'은 약 2천여 명에 달하는 혼혈아(아메라시안)들을 먹이고 재우고 가르치는 일을 함으로써 인권운동가이자 사회운동가로서 그녀의 참모습을 보여준 대표적인 기관이라고 추켜세웠다.

그러면서 이왕 작가가 되려고 마음먹었다면 수주 변영로나 펄벅처럼 지조가 있을 뿐만 아니라 사회적 약자의 권익 향상에도 힘쓰는 작가가 되라고 했다.

지령인걸(地靈人傑)이라는 말이 있다. 산천이 수려하고 지세가 빼어나면 거기에서 태어나고 자란 사람도 그 기운을 받아 뛰어나다는 의미다. 사람도 마찬가지다. 수주 변영로와 펄벅 같은 훌륭한 작가가 있으니 부천에서도 머지않아 뛰어난 작가가 많이 배출될 것을 믿어 의심치 않는다.

책으로 여는 세상

초판 1쇄 발행 2023년 11월 30일

지은이 김진선 외
펴낸이 장석천
펴낸곳 은성문고

주소 경기도 부천시 원종로 40 지하 1층
전화 0507-1332-4717
이메일 friend_book@naver.com

ISBN 979-11-977381-2-8 43800
값 15,000원

편집디자인 창작시대
인쇄 두리터